岁月很长，不必慌张

May you have a peaceful time

沈嘉柯 著

人民东方出版传媒
東方出版社

图书在版编目（CIP）数据

岁月很长，不必慌张 / 沈嘉柯著．—北京：东方出版社，2017.6
ISBN 978-7-5060-9814-4

Ⅰ.①岁… Ⅱ.①沈… Ⅲ.①散文集—中国—当代 Ⅳ.①I267

中国版本图书馆 CIP 数据核字（2017）第 161980 号

岁月很长，不必慌张
（SUIYUE HENCHANG, BUBI HUANGZHANG）

作　　者：沈嘉柯
产品经理：张　旭
责任编辑：王莉莉　张　旭
出　　版：东方出版社
发　　行：人民东方出版传媒有限公司
地　　址：北京市东城区东四十条 113 号
邮政编码：100007
印　　刷：天津泰宇印务有限公司
版　　次：2017 年 9 月第 1 版
印　　次：2019 年 5 月第 2 次印刷
开　　本：710 毫米 ×960 毫米　1/16
印　　张：15
字　　数：120 千字
书　　号：ISBN 978-7-5060-9814-4
定　　价：29.80 元

自　序

岁月很长，不必慌张

沈嘉柯

我家门口有一间很小很小的宠物店。十年前，我养过小狗，带着小狗去打疫苗的时候，跟开门诊的那对夫妻闲聊。原来他们都是云南的一家兽医专科学校毕业的，这对小情侣恋爱结婚，然后在城市一角开店，做动物门诊的业务，给小动物看病，也卖宠物食粮和杂七杂八的用品。

来到大城市的最初几年，特别辛苦，因为当时没多少顾客上门，房租水电费用交完，只能存一两千块钱。房价很贵，看中的房子，买不起。不过，总要坚持下去。

有时候，我晚归，路过他们的店，看见他们忙碌到深夜，笼子里寄放的猫猫狗狗还在闹腾。

再后来，我开始养猫，贪吃的猫吃肉的时候连塑料袋一起吞下去。我带着猫去看病，发现顾客陆陆续续变多了。城市里的居民，生活条件不断变好，养宠物的人多起来。

于是，那对年轻夫妻的小门诊改名了，叫作宠物医院，他们的生意终于好起来了。那一次又聊起了近况，小夫妻开心地说，就在对面的小区买了一套两居室，终于扎根了。我祝贺他们。

这个时候，旁边新开了一家皇家宠物医院。出于好奇心，我去这家新店参观了一下。坐诊的动物医生更加厉害，我看见墙壁上写着简介，中国农业大学的相关专业硕士生。隐隐约约，我开始为那对夫妻的店忧心。

不过，时间证明，我多虑了。

新店的工作时间，从上午十点到下午六点。远远没有那对夫妻守着自己的宠物医院勤勉。

有时候，夜里小动物出了意外，宠物主人匆匆忙忙只能去老的宠物医院。哪怕，那对夫妻的宠物医院没有新开的皇家宠物医院装修漂亮。

就在三年前，皇家宠物医院关门大吉。

小区附近一带，就属那对夫妻的宠物医院最大。开始招聘了员工，翻新装修，变成特别高大上的宠物医院。他家保持着稳定的服务水准，老顾客们也习惯的去他家买东西，给宠物看病了。

我认识的一位设计师，从前在本城的昙华林开一间小小的店，卖很多精致的小玩意，和他自己做的器物。一年又一年过去，再见面的时候，他说在给一个老板设计私人艺术馆，他特别重视这个项目，因为等待了很久，做了很多基础装修的活儿，终于接到了可以发挥艺术特色的单子。

他毕业于美术学院，为了养活自己，先求生存，开店赚钱，接门面商铺的装修。其实，大多数顾客的要求都很俗气，很标准的流水线作业。他的梦想，是能够做体现美学风格的作品。

隔了两年后，他开始设计一整个别墅项目。准备在一大片碧绿树木风景绝佳的好地方，做出很漂亮的房子。他的兴奋溢于言表。

他的小店仍然开着，不论那条街道上换过多少店面。不管他现在接了多大的生意，设计多么知名的项目。

我的一个很熟的朋友，他的母亲年过六十了，从前一直自娱自乐，画着花鸟鱼虫。我去他家做客吃饭，看着一卷一卷画轴，堆满书房。不知不觉，有一天老太太开始开班，教授其他人绘画。慕名而来的人多起来，老太太上了新闻报道，画作送到日本的艺术协会参与交流活动。

但是老太太仍然亲力亲为地教授学员，有一次我在聚会上遇到，她带着咳嗽，耐心跟学画的人讲着笔法和用色。弟子们也越来越多。

我在和朋友，以及他的母亲一起吃饭的时候，听着她母亲的谈吐，和从前退休老太太的状态，完全不一样了。

他的母亲说，真的没有想到，自己会成为今天的样子。虽然忙碌，虽然辛苦，她还是很快乐的。因为，最初她只是出于爱好，拜师学习，慢慢地画了二三十年。她变成了一个真正的画家。

这些在我的生活中真实的人，他们生平的际遇，特别令我感慨，岁月很长，不必慌张。

仅仅是时间本身，就会把那些凑热闹的人淘洗而去。

急功近利的，会飞快消逝。留下来的，总是那些守到最后的。开宠物医院的小夫妻，等待了十几年的设计师，晚年发光的画家老太太，他们的人生，越来越走向丰富繁盛。岁月也教会了我们，懂得了欣赏那些久久用功和水到渠成。

目录

第一章 笑是最大的力量

恐惧是我们内心最大的幻象，令我们交出自己的人性和尊严，任由摆布。而幽默和搞笑，是恐惧最大的天敌。

第二章 拥抱比说话更温暖

舌头与喉咙的信息是我们魂灵的翅膀，也是我们心智的牢笼。人类痛苦至极时，言语会失效，拥抱亲吻，依靠在肩头流泪，却可

第四章 心是立体的房子

人的心是立体的房子，你如果没有足够的时间瞧遍每一个角落：有光的窗户、无光的暗角、那些心烦的灰尘、那些动人的温情，你就无法学会立体地对待一个人，拂去尘埃，擦亮心灵。

第五章 越过人生的无知热血

成了有知者，绕不开痛苦。这正是真正的人生。越过这种唯一一次的无知热血，成为大人。

请你，再勇敢一点点。

第六章 地球只有一个我

即便地球在宇宙里只是恒河一沙，但地球只有一个我，宇宙也只有一个我，必须爱护这唯一的有时限的存在。

第七章 生命应该浪费在美好的事物上

我们生来，首先就要确保自己独一无二的生命价值。我们的生命

第九章 当梦想照进现实

世间的人总是认为能够瞬间实现的才叫梦想，但那些东西其实什么都不是。只有每日每日的积累才是促进梦想实现的源泉。

第一章

笑是最大的力量

恐惧是我们内心最大的幻象，
令我们交出自己的人性和尊严，任由摆布。
而幽默和搞笑，是恐惧最大的天敌。

阳光照进回忆里

别等，自己想要的东西，自己去追求得到。很多年后阳光照进回忆里，这种靠自己换来自己想要的东西的感觉，特别好。

小时候我想买的是一个俄罗斯方块游戏机。这东西现在仍然有，是古董级电子产品。当时一个要一百多块钱，我一个月零花钱也不过三十多。怎么办？我家附近开中药铺子的老头问我，反正你暑假那么长，放假了没事做，帮我收蝉壳怎么样？

夏天日光最明亮的时候，有些蝉就脱壳了。我逛遍了十几公里范围内大大小小的树林，举着竹竿粘那些棕黄色的透明蝉壳，脖子都酸了。收集了一口袋，小心翼翼拿去换钱。加上攒了好久的零花钱，总算去商场买到游戏机。我没玩多久就开学了，因为攒蝉壳，花了我一个多月时间。

我另外一个玩伴就比较惨了。他想要一套十二生肖童话书。他家附近有个汽车配件工厂，于是他拎着塑料袋，戴着遮阳帽，冲到工厂倒出的炼铁废渣堆，又刨又捡。等到加起来卖了七八十公斤的废铁以后，他走进了新华书店的专柜。我去他家借书看时，他已经变成了小包拯，皮肤乌漆墨黑，并且严肃警告我，弄脏了童话书得赔偿新的给他。

还有一个玩伴就比较逗了，这个女孩子，路过商店，看中了一条红裙子。有点贵，家里不答应买。

她家开早点店，别的事情一时半会儿她也干不来，于是她学着包饺子，然后家里给她对应的零花钱。到最后我们去她家吃早点，点一盘煎饺，目睹她在旁边的桌子双手翻飞，俨然绝顶高手，快如闪电。

后来我们约着一起去荷塘摘莲蓬时，她穿着凉鞋和一条嫩红的裙子。我必须承认，那天她是一个满脸骄傲又美丽的女孩。

在我们的少年时代，想要的是游戏机、童话书和漂亮裙子，达成理想的办法是攒蝉壳、拾废铁、包饺子。

可是我此时此刻，凭借文字记录当年，另有感受。

小时候的那些暑假，我们费尽心思得到的东西有什么用？其实没什么用。我的游戏机被全家人抢着玩，太过辛苦报废了，后来还被我拆开研究了一番内部构造。玩伴的童话书被很多人借去看，终于还是散失了。不过他很享受那段时间在同学当中格外受欢迎、格外吃香的感觉。

而女孩的裙子，年深月久褪色了，下落不明，说不定被她妈妈拿去做拖把、抹布了。不过长大后工作了赚到钱，她可以给自己买很多别的漂亮衣服。

这些小事情，我讲不出什么大道理，只有一点点小道理。世界上有些东西一路奔跑，超越了文字，超越了道理，超越了时间。

当我们完成了童年理想，童年又成了我们的理想。很多年后阳光照进回忆里，这种靠自己换来自己想要的东西的感觉，特别好。别等，自己想要的东西，自己去追求得到，大概会成为一生的信念。

傅园慧教我们的事

最搞笑的人，恰恰是最深沉的人。这是人生中最大的真相。就像一个人之所以会逃避，是因为她根本不想放弃。

央视的主持人张斌采访了傅园慧。我看了这段访谈，被她的故事感动了。

在她红遍全中国的表情包里，藏着她的另外一面。

她说她在国外，跟外籍教练沟通不大顺畅。教练的训练要求，她就是完成不了。

教练让傅园慧滚。傅园慧也希望练好，但在不断的训练里，她一再对自己绝望、崩溃。她差一点就把自己练废了。

所有人都在给她算日子，离奥运会还有多少日子。她努力训练，每天拼命游，游到想吐，头晕目眩，吃不下饭，累到极限了。还是不能达到教练的要求。

傅园慧晚上睡觉一翻身，腰背就抽筋，第二天还是强度训练。这样的生活，日复一日。

她觉得自己真的受不了，决定给自己一个机会走走。有一天教练把她赶走，要她滚。她就真的滚了——偷偷“出逃”。

她身上都没带钱，走着走着迷路了。当时很冷，还下着雨，她从中午走到晚上，走了五六个小时。

她不记得自己走了多远，感觉小腿都抽筋了。她边哭边走，淋着雨，当时澳大利亚是冬天。她不知道人生接着怎么走。

她问自己，到底什么让自己这么痛苦？

一个女孩，冬天深夜淋着寒雨，街头徘徊。她想清楚了一件最重要的事情，原来自己痛苦的根源是在挣扎，放弃就不会痛苦了。自己这么痛苦，就是因为不想放弃。

傅园慧明白了自己的内心，她是想坚持的。她把拉断的弦，重新连了另外一根弦。

所以，才有她后来的狂喜表情。她心态变了，竭尽全力去做，心态也不会狂躁失控。

她并不想当网红，还是想当一个运动员。因为她觉得这一切网上的热闹都会过去的。原来，她是个大智若愚的女孩。

有的人在江湖上飘零很久，甚至花了一生的时间，到老了才悟到这一点。有的人年少就具备天分，刹那洞明，顿悟了。傅园慧就是后面那种人，年纪虽然小，却对人生有了深刻的感受。

运动员的职业生涯，历经的是身体的极限挑战，承受巨大的压力，也逼近心灵的极限挑战。所以他们比常人更加容易受伤，也更可能想清楚自己的人生。

你所看见的她，还有她好玩的话，滑稽的表情，都是因为，她曾经在深夜里，想明白了人生当中的选择。

一个女生，大大咧咧，很多年被人笑话不像女孩。傅园慧曾经想过迎合世人，改变自己，终归改不了。既然如此，不像就不像，有什么了不起？不如做自己。

她玩直播的时候，完全不在乎什么支持、什么送礼物，一个劲要大家别送了。

来了“大姨妈”，发挥失常，那就直接说出真实情况。没游好，就直接承认，对不起，是我的错。

她最后居然引用了唐伯虎的“别人笑我太疯癫，我笑他人看不穿”。

我猜，她应该是看了周星驰的《唐伯虎点秋香》，记住了这两句诗。最搞笑的人，恰恰是最深沉的人。那个无比搞笑的周星驰，内心其实极其严肃。

这是人生中最大的真相。就像是刻意冷淡的人，内心很深情，因为很怕自己一旦爱上一个人，就倾尽所有。就像一个人之所以会逃避，是因为她根本不想放弃。

所以傅园慧的表情包，让你笑到肚子疼，到处转发。因为她骨子里很真很深刻，才会打动你。

如果你遇到绝望崩溃的时刻，就看看傅园慧的表情吧！她也曾经跟你一样，被痛苦压倒、跪地了、逃跑了、无比纠结，但最后想明白了原因。

她，傅园慧，仍然是一个选择继续游下去，约定了“东京见”的运动员。别管外面的世界怎么样，自己的路自己走。

你，吃瓜群众，还是要去做你自己要做的事情，想明白自己的痛苦是为什么。也许很多事你也不想放弃。

我们从年轻的傅园慧身上学到了东西。在这世上，想有所成长，都要经过这一关。

笑是最大的力量

恐惧就是我们内心最大的幻象，最严重的程度，会令我们交出自己的人性和尊严，臣服于兽性，任由摆布。而幽默和搞笑，是恐惧最大的天敌。

村上春树短篇小说集《列克星敦的幽灵》里，有个故事《第七位男士》。讲述的内容为，“我”是在S县海边一个镇上长大的，幼年有个特别要好的伙伴，名叫K。K就住在主人公家附近，比他低一年级。他们一块儿上学，放学回来也总是两人一块儿玩，可以说亲如兄弟。

但是，那年九月，他们住的地方来了一场强台风。当他们一起去海边游泳时，好友K被巨浪卷走了。主人公目睹到这一幕，吓得动弹不得，即便时隔多年，仍然时常会陷入深深的恐惧中，总是想起死去的好友出现在海水中，回忆起他隐约的、透明冰冷的脸。他本来特喜欢游泳也不去了，深水河也好湖也好都半步不去，乘船也免了，坐飞机出国也不曾有过。

五十多岁的主人公，仍然无法把自己即将在那里淹死的场景从脑海中抹除。那种黯然神伤的预感，仿佛梦中 K 的手一样抓着自己的意识不放。他还会一直做噩梦，永远不敢靠近海，也不接受与海相关的事物。

直到一个春天，主人公重回 K 被卷走的海岸。他把所有少年时代的记忆都找回来，看着早逝的好友曾经的绘画，还有故乡的风景，强忍着恐惧，去靠近海边，去观看海浪，有一种什么静静地渗入他的身心。他不再畏惧海浪了。

最后主人公说："我在想，我们的人生中真正可怕的不是恐惧本身，恐惧的确在那里……它以各种各样的形式出现，有时将我们压倒。但比什么都恐惧的，则是在恐惧面前背过身去、闭上眼睛。这样，我们势必把自己心中最为贵重的东西转让给什么。"

这个故事类似电影《哈利·波特与阿兹卡班的囚徒》的一个细节。在魔法学校里，狼人教授和孩子们在课堂上讨论恐惧。狼人教授准备了一个木头箱子，从木头箱子里会出现你所害怕的东西。怎么克服恐惧呢？

其实，你只要把它们想象成搞笑的样子，你就不会害怕了。第一个男孩面对的是一只超级大的黑蜘蛛，当他想象好笑的画面时，就出现了一个每只脚都穿上溜冰鞋打滑的蜘蛛。然后是其他女孩、男孩，纷纷克服了恐惧。

电影表面上说的是关于魔法的故事，但事实上说的关于如何克服恐惧。比如对记忆和情感当中的东西的恐惧。哈利·波特为什么害怕摄魂怪？因为他无法直面自己内心的恐惧，他总是转过身逃避。直到他终于学习到克服恐惧的绝招，就是快乐和坚强的回忆。

从村上春树到 J.K. 罗琳，写的是同一件事，关于人们如何面对内心的恐惧，以及关于恐惧本身是什么。不过，J.K. 罗琳写的是披着童话外衣的寓言故事，可以更加轻松地运用比喻来搞笑，比村上春树更进一步。

一个人，一个事物，如果你觉得很畏惧，有距离感，或者很高大上，有严肃压迫感。那么，你就看看这个人年轻的时候。你会发现，原来野兽的小时候也是很萌很柔软的。原来大坏蛋也是从天真白痴的状态过来的。

恐惧就是我们内心最大的幻象，最严重的程度，会令我们交出自己的人性和尊严，臣服于兽性，任由摆布，甚至患上斯德哥尔摩综合征——站在了伤害你的人那一边。而幽默和搞笑，是恐惧最大的天敌。

世界上的桥

每个人都有属于自己的青春和故事，能够抵达你想去的地方，做你喜欢的事，是最大的幸福。

在我的中学时代发生了一件轰动全校的事。从那天开始，女生们走起路来更加羞涩，男生们有事没事就捋下头发，拉整齐衣服，时不时照照镜子，凝视自己的鼻子、眉毛、嘴巴，潇洒地转个身。还有的男生比较夸张，随身带一瓶摩丝，定出一个拉风的发型。对了，那个时候还不流行啫喱水。要是连摩丝都没有，干脆用水抓两把。

这一切都是因为大雄。大雄刚好是我们班的男生，数学很好，长相憨厚，而且脸上还有一个恰到好处的痣。这颗痣如果低到嘴巴下，就比较像管账先生，如果再靠近眼睛，就比较像奸诈反面。大雄的痣停留在脸颊与鼻子旁边，带着一点俏皮滑稽和醒目。

我们男生一度怀疑，大雄的幸运就是来自那颗痣。赐给大雄幸运的，是湖北电影制片厂。二十世纪九十年代看电影已经稀松平常，可是拍电影，在我们那个小镇中学，那简直是天大的事。

我们的高中建在古城，所以古风犹存，后来迁移到新址重建新城，古城冷落。电影制片厂采风取景，顺便就在我们高中选男主角。导演要拍的是一个关于早恋的校园故事，演员想选原生态，没有表演经验的。女生们比较失望，因为女主角已经选好了，打扮洋气，是个大城市的中学生，请了假跟着剧组到处跑。

男生们排起了长队，面带兴奋，在学校里的革命旧址小红楼里试镜。他们鱼贯而入，出来的时候，个个垂头丧气。我呢，压根没勇气去面试，干脆彻底旁观。选了三天，只有大雄露出了充满神秘的笑容。没多久，剧组宣布男主角就是他。老师们事不关己高高挂起，只当是课余闲聊的有趣话题。对于男生来说，就受刺激了，尤其是平时热衷耍帅扮酷，跟女孩子聊天，讨厌学习的那几位。穿西装白衬衫皮鞋的甲，头发整得连大风吹过也纹丝不动的乙，高个白净有几分英俊少年气质的丙，统统被大雄打败。

看起来毫不出奇的大雄，凭什么获得导演的青睐？导演的眼睛是瞎了吗？他们气愤了。确定主角之后，电影迅速开拍，在一条夹在花园中间的走道上，大雄来来回回地走。女主角靠在栏杆旁边，低头若有所思。大雄每经过一次，就要回头一下，以表达少年骚动而羞涩的心。大雄估计第一次拍戏，太紧张，一直NG，有次跑过女孩的身边太快，啪，他的旧皮鞋踢飞，落在两米之外，所有人哄然大笑。

就这么拍了好几天，他们连手都没拉到。多年后，读着塞林格的那句“我觉得爱是想触碰又收回手”，我自己也写过各种小说故事了，倒是挺理解导演的心思了。

接下来的一个月，大雄消失在学校。据说被剧组带到省内某个山里拍其他镜头。回来时，问起大雄将来是不是要退学去省城当明星，他支支吾吾不肯细说，忙着补他落下的功课。

隔年在校门口遇到大雄，问出了答案，导演只打算让大雄拍一部片子，告诉大雄好好学习。片子放映后，也没了下文。

不过，那天下午，大雄说，他在山里看见老鹰了，天好蓝，云也白，鹰飞得好高啊！

我依稀觉察，大雄的话别有深意。我们这些生长在平原的孩子，从来没见过鹰飞。看他那悠然回忆的神往表情，我说："不管怎么样，我以后还是可以跟别人讲，我的同学拍过电影哦！"他被逗乐了。大雄后来考了一所不错的大学，在公司上班，小日子过得挺好。

再说说少伟吧。他是那种成绩垫底，完全没希望考上大学的人，但也没坏到变成混混上街打架闹事。少伟上课常常睡觉，到点了飞快跑去食堂打饭吃，晚自习溜达出去吃消夜，瞎晃悠。

那天上完晚自习回宿舍，我看见少伟在操场一个人发呆，不知道在自言自语些什么。走近了，我发现他捏着一个啤酒罐，叹一口气，喝一口啤酒。中学生不许抽烟喝酒，但这只能管住好学生。我从少伟旁边绕过去，他突然叫住我。

我吓一跳，以为他想打架。说真的，我了解，不爱搞学习的学生，向来看不惯爱搞学习的，心头总有揍我们一顿发泄的冲动。平时大家装得鸡犬相闻，老死不相往来，也是看在考试时有可能抄一把的情分上，不然早出手了。

我心想，这家伙看着老实，喝醉了就难说了。结果少伟拽住我，带着醉意迷茫嘟囔："考得上考不上，你们反正有个目标，我，我都不知道以后能干吗！我家又没什么钱。”

原来，他是在烦恼未来人生。我说：“你可以考体院，那次体育会考，你不是跑了前几名吗？”

他想了一想，眼睛居然亮了，放开我，认真和我聊起来。十几分钟后，他才走掉。谢天谢地，我顺利脱身。

当然，少伟最后没能考上体育学院。因为部队来学校招飞，各种体能测试，他都通过了。就这样，少伟去开飞机了，听着都很牛。

后来重逢，他给我讲，那些飞行员特别逗，因为与社会接触少，三四十岁的人，还很单纯，打个扑克也像小孩子一样吵嘴。我们哈哈大笑。少伟是来感谢我，特意请我吃饭。不过，他要谢的其实是他自己。那场夜空下的对话之后，少伟的确开始练体能，天天跑步玩倒立。命运垂青有准备的人。

即便是在“千军万马过独木桥”的青春，也有一些旁逸斜出。人生永远不像看起来那么整齐划一。世界上还是有不同的桥，不同的人去走。唯有文学是我一生的行李，随身携带，走到哪写到哪。而且后来我终于搞明白，我耿耿于怀未能入读的中文系，并不培养作家。

每个人都有属于自己的青春和故事，能够抵达你想去的地方，做你喜欢的事，还能挣钱，是最大的幸福。

属于自己的人生

这世界需要丰富多样的人。对于我们单独的个体来说，你就应该尊重你自己的性格，专心做好一件事。

我从小是个怪癖分子。

不擅长跟人说话，不喜欢走亲戚，不热衷交朋友，不习惯打电话。我的父母一直担心：这样性格孤僻的小孩，长大后可怎么谋生？

我运动也差，至今害怕学开车、考驾照。我常常沉浸在孤独中，被邻居取笑：大门不出，二门不迈。

我每次旅行都很快就想家，想躺在沙发上。我不喜欢社交网络，就连玩微博、微信，也是被出版社编辑要求做宣传才玩起来的。我最喜欢的事情，是和猫静静地睡在一起。有时候感叹，人生如此废柴，都快奔向中年了，也只出了三十几本书。

这让我想清楚了人生的两个基本原则。

第一，把一样东西做到特别厉害，别人追赶不上的时候，足以改变人生。

我的时间，都用来认真埋头写作。我发表了上百万字数的作品。中国最大牌的报纸《人民日报》《光明日报》《中国青年报》，还有中国最畅销的杂志《读者》《青年文摘》等等都有我发表的文章。

我出了很多书，登上了中国影响力作家榜单。

有一次我晒新书，有个粉丝注意到照片角落一点点模糊的虚化轮廓，认出那是某大牌名表。她惊呼作家原来没那么清贫。

其实，认真写作，心态平和，赢得读者认可，自然会有不错的回报啊！

我的骄傲在于，我成为真正靠文字吃饭的作家。而不是那种靠着写歌功颂德的文章混文坛的货色，那种人跟豢养在猪圈的猪没有区别。

我和家人开玩笑，我很可能35岁前，出过的书，就超过了我的身高，简称“著作等身”。我的家人也跟我开玩笑，如果你身高一米四儿，现在就实现了。

第二，内向是很大的优点。顺着自己的个性去选择职业。

生活中，人们常常赞颂外向的人，适合公关交际，拉拢关系，好处多多。

其实，外向内向，只不过是个民间分类，并不是专业靠谱的心理学判断。

顺着自己的性格去发展人生，就是好的。外向的人去做需要外向的工作，内向的人去做需要内向的事情，都会拥有美好的人生。

内向适合专心创作，比如作家。蓬勃的表达欲望，浓缩到文学里，更加精彩深刻。

不擅长跟人打交道，还可以跟小动物打交道，比如宠物医院的医生……

以前的社会太落后、太粗放，不像现在进步了，大家分工合作，自食其力。至少超过一百种职业适合内向的人。

如今，不喜欢出门、不喜欢说话的我，有无数的企业、公司、大学邀请我去演讲。

有一次，我在一家画廊书店开发布会，负责人说：“沈老师，真羡慕你，做着讲座，还有费用拿，还能兼顾旅行。”

人生就是这么奇妙。我因为讲座才出门，旅行是轻松顺带的，出门奔波这事就没那么讨厌了。

我旅行宣传自己的书，顺带去聊个天。跟人说话这件事，也不会令我压力巨大了。

我自身的局限，得到了某种舒服的克服，我保守的心，在不痛苦的情况下，拓展了疆域，变得开放一点，又不违背本性。温柔地克服局限，平静地拓展疆域。

温柔平静，是很强大的生活方式，也是很棒的做事能力。

这世界需要丰富多样的人。对于我们单独的个体来说，你就应该尊重你自己的性格，专心做好一件事。

如果你想拥有属于自己的人生，这两个原则缺一不可。

别追不累的羊

原来所谓坚持，是一种最符合实际的成本考虑。别追不累的羊，心无旁骛，抓住被你追得筋疲力尽的那只羊。

看动物题材的电视片，有一幕别有意味。

是在遥远的非洲马拉河，河谷两岸青草肥嫩，草丛中一群群羚羊在美美地觅食。一只非洲猎豹隐藏在远处的草丛中，竖起耳朵四面转悠。它觉察到了羚羊群的存在，然后悄悄地慢慢接近羊群。越来越近了，突然羚羊有所察觉，开始四散逃跑。非洲豹像百米运动员那样，瞬时爆发，箭一般地冲向羚羊群。

它的眼睛死死地盯住一只未成年的羚羊，直向它追去。羚羊跑得飞快，非洲豹更快。在追与逃的过程中，非洲豹超过了一头又一头站在旁边观望的羚羊，但它没有掉头改追这些离它更近的猎物，只是一个劲地朝着那头未成年的羚羊疯狂地追去。

那只羚羊已经跑累了，非洲豹也累了，在累与累的较量中，比的就是最后的速度和耐力。终于，非洲豹的前爪搭上了羚羊的屁股，羚羊倒下了，豹牙直朝羚羊的脖颈咬了下去。

我有点奇怪，非洲豹干吗在中间不去咬距离更近的羚羊呢？何必还要使劲去追当初那只？那么近，应该很容易得手啊！

就在我困惑的时候，电视里出现了旁白：为了生存的需要，一切肉食动物都知道在出击之前要隐藏自己，而在选择追击目标时，总是选那些未成年的、或老弱的、或落了单的猎物。可为什么非洲豹在追击过程中，不改追其他离得更近的羚羊呢？

答案是，因为它已经很累了，而别的羊还不累。其他羊一旦起跑，也有百米冲刺的爆发力，一瞬间就会把已经跑了百米的豹子甩在后边，拉开距离。如果丢下那只跑累了的羊，改追一头不累的羊，最后肯定是一只也追不着。

我因此也联想起来，人呢，也是一样的。抱定最初的目标不松手，一直追求下去，但中间也会有不少诱惑。为什么是诱惑呢？因为那些东西看起来很近，似乎一抓就到手，可事实上，那些诱惑就像是不累的羊，只看见诱惑的近，却忘记了自己的力气已经消耗在最初的目标上。付出的精力是有限的，起码，不是一下子就能够恢复的。

原来所谓坚持，是一种最符合实际的成本考虑。别追不累的羊，心无旁骛，抓住被你追得筋疲力尽的那只羊。

最好的你，最坏的你

重要的不是我是什么构成，重要的不是“你要”。

重要的是，你选择了做什么样的自己。

几乎任何一个人都是这样的吧。生命之初，每个孩子都是橡皮泥，被这个捏一下，那个捏一下，最后灵魂成型，奇形怪状。

我小时候听过一个民间传说，有的孩子从小被遗弃了，丢在原野和森林里，被狼收养了，结果变成了狼孩。虽然是人类的孩子，但却有狼的习性。后来回到人类世界，就被当成了怪物。我就忍不住想，这个狼孩，面临自我认知判断时，心底该有多么困惑。我是谁？我从何来？到何去？

据说这个问题很终极，无数聪明人脑袋都倒霉，想来想去神经兮兮了。

可是呢，一个人一生中，如果从来没有想过这些问题，那怎么算人生呢！

2010 年美国奥斯卡金像奖，有个人的发言很有意思。桑德拉·布拉克，得到了奥斯卡最佳女主角，也得到了金酸莓奖，一个搞笑的评选最烂的奖。她说经过了大喜大悲，想起妈妈曾经告诉她，别听他们的，做你自己就好。

你看，成为影后之前，她也获得了这样的结论。有人说你最烂，也有人说你最佳。

最烂与最佳，居然都集中在一个人身上。你不会怀疑吗？

这个世界上，太多东西真伪不定，取决于外界的游戏规则。

人只能认可自己。

最差最烂，如果喜欢成为一个演员，还是要演，并且把最烂奖杯摆在架子上，不必逃避。最佳，更要好好演。

我有时候会想象，如果我是那个传说中的狼孩，心路会有什么历程——有一天我明白了，我来自我自己的命运，与其他人不同，不会拿餐具进食，不懂天文地理，那么，我必定会惶恐。

这份惶恐，只因为你不是别人认为的那个你。

你要听话，你要顺从，你要老实，你要勇敢，你要自信，你要强大，你要成功，你要门门一百分，你要吃得苦中苦，你要做得人上人，你要精明，你要会做人，你要杰出，你要……

你是好的，你是坏的，你是笨的，你是傻的，你很自卑，你好弱，你太失败了，你……

这些“你要”，这些“你是”，会一直存在，永远存在，就像这个世界上永不磨灭的噪声。

重要的不是我是什么构成，重要的不是“你要”。

重要的是，你选择了做什么样的自己。

而这，需要你一点点剔除，剔除这个人施加给你的偏见，剔除那个人施加给你的强迫。尽管这些施加的人当中，包括我们所爱的人和爱我们的人。他们自己也并不高明。

尽管我们要经历过痛苦和怀疑。

但最终，我们会遇到只拥有我们自己的时候，也会遇到一些只有自己独自面对一切的时候。

我用了十年时间，完成了成为一个作家的自己。这当中我仍然被劝告，要上班，要有社会保障，要有人际关系网，要……我也会恐惧，一个脱离体制的人，老了怎么办呢?

然而，发现自己的灵魂最初是被捏造的我，不再是从前的我了。自己赚钱给自己买保险吧!

我们不应该为了背负起别人的期望和意识而选择做什么，也不应该被过去的自己束缚住。我们是为了成为什么样的自己，而去背负起我们要付出的代价。

没有什么最好，也没有什么最坏。

只有你自己。

第二章

拥抱比说话更温暖

舌头与喉咙的信息是我们魂灵的翅膀，也是我们心智的牢笼。
人类痛苦至极时，言语会失效，拥抱亲吻，
依靠在肩头流泪，却可安抚备受折磨的心。

自己的事情做得最好

不管是你交给别人的事情，还是别人交给你的事情，属于自己的事情，最能够被关心，并且做得最好。

看了很多年的《快乐大本营》，湖南卫视的这个节目真的很长寿。我记得，他们还搞了一个主持人淘汰赛。当时的现场，淘汰就淘汰吧，他们还多了一个花样，鼓励3个主持人拉票，并且在节目上有专门的拉票会。

而这些拉票会，还对应着一个短信投票。观众的一票，有可能决定一个主持人的去留。一下子引起观众的热烈关注，参与的人数特别多，短信投票方式使主办者赚到了不少利润。

曾经的超级女声节目，也是鼓舞了无数年轻人投票，在中国电视历史上，轰动一时。

这种办法很久以前，美国长岛铁路公司也非常成功地使用过。长岛铁路是全美最忙碌的通勤铁路，每年载客量为八千一百万人次。这个公司原来的知名度并不高，他们想找机会宣传一下自己。

一般说来，做广告是首选。但硬广告花了钱，往往也没什么效果。他们开始动脑筋，能不能想办法利用一下新闻媒介，搞一次传播营销呢？他们想到了好主意。

长岛铁路公司沿线的车站显得有些陈旧了，很多乘客都抱怨反映过问题。公司决定对所有车站进行一次修缮，刷油漆。这是个平淡无奇的做法，出钱找专业的油漆工来干就行了。

但是，他们提出一个想法：面向大众的交通工具，为大家服务的车站，刷成什么颜色，应该交给公众来决定呀。

于是，公司放出消息，通过媒体邀请沿线的居民来投票，决定车站最理想的颜色。我当时在一本杂志上看到这个经济学故事，拍案叫绝。

果然，看到消息的民众都来了热情，积极出谋划策，纷纷对车站的颜色发表了自己的意见。长岛铁路公司的这一做法，很快引起了新闻界的注意，各新闻媒体纷纷采访并报道。

长岛铁路公司特意办了一个“开漆大典”，举办大典的地址，选在了中心车站。这里是人群最集中的地方，众目睽睽，什么都看得到。政府要员和地方名流也应邀到场，向出席盛会的嘉宾和大众宣布了投票的结果，揭晓选好的颜色。

长岛铁路公司当着大家的面刷了第一道油漆，人们激动不已，都有一种共襄盛举的欢乐。这一经典案例，让长岛铁路公司获得了《公共关系新闻》杂志颁发的“年度成就奖”，从此成了公关处理的佳话，被很多后来的企业借鉴。

看起来，他们都是把自己的“主动权”交出来了。但结果呢，却赢得了很好的效果。只有当观众觉得是在做自己的事情，才会高度热情参与。这其实是人的天性，我们对于跟自己无关的东西，提不起兴趣。

到了电子阅读时代，到了网络发达的年代，仍然可以看到，微博上常常跟粉丝互动的人，更加热门。大明星纷纷跟观众套近乎，发福利，让观众来决定很多活动行程的安排。

其实任何事情都是这样，不管是你交给别人的事情，还是别人交给你的事情，属于自己的事情，最能够被关心，并且做得最好。

把缺点亮出来

完美的人才，在这个世界上总归是不存在的。只要你的优点大于缺点，就表示你还有价值。

深圳有一家很大的公司，面向社会招聘一位业务主管，由于应聘的人太多了，经过残酷而严格的淘汰，最后剩余的3个入围者，就需要再来一次新的较量，看看谁能够获得最后的胜利。

但是，论才干，他们都是如此优秀；论经验，他们都是经过了数年打拼的老手；论心态，他们都有虚心学习、团结配合的打算；论社会人脉，他们都并非刚刚出来的毕业学生，有着广泛的关系群。3个人都有很多成功的业绩与事例。口才、文字表达、判断，都是在前面的多次过关斩将里，脱颖而出的佼佼者。

公司会选择谁？谁会被选中呢？

公司主管其实也犯难了，确实是难以选择啊！竞争者也挖空心思，看看自己还有什么优势没有表现出来，希望能够找出来，技压他人。当其他两位始终还在寻找自己的亮点的时候，其中一个人，改变了思路。他放弃了挖空心思找优点，反而坦白地说起自己的缺点来：说了那么多好，其实也有一些缺点，我并非是天生的那种敏捷之人，但我在后天勤奋当中，逐渐弥补起来。所以，我在工作当中，常常以勤补拙……

他赢得了最后的胜利。

那些被隐藏起来的缺点，在日后的工作肯定多多少少会表现出来。等到日后发现和遭受损失再后悔，为什么不在现在就说清楚？彼此都有了真正的、全面的认识，公司才会有合理而妥善的安排。让进来的人才发挥其长处，避免其短处，人尽其才。这，本身就是一个职员对公司的最大诚心。

完美的人才，在这个世界上总归是不存在的。所以，我们信任一个本色的、真实的不完美者。他的亮点与暗点，将使公司全面认识他，也好合理地使用人才。公司信任这样的人才。

事实上，工作之处，尤其是大学生毕业刚刚进公司，做人力资源的和做老总的，心里是预留了犯错机会的。不超过底线原则，就还是会给你机会。

有些小的错误，新人多多少少都会犯。要新人进去，是因为成本低，有热情，肯卖力，好使用。新人的毛病是缺乏经验，一般会找个老手带着。如果新人犯的错，在预料之内的程度，就不必太提心吊胆。

你的优点大于缺点，就表示你还有价值。下次千万别再犯就可以了。

微博戒除记

人，不能光是去洞明别人的事，练达别人的情，还得进一步深入了解自己。

那天去看电影，买好了票还有半个小时开场，百无聊赖怎么办？拿出手机刷刷刷。当我在电影院大厅里走来走去一边刷微博一边打哈欠的时候，突然听见轰然一声，那一刻天旋地转，倒在旁边的沙发上。我光顾着玩手机，一头撞到电影院的柱子上了。这一撞非同小可，脑门立刻肿了一个包，痛彻心扉，差一点在现场潸然泪下。

回家之后养了几天伤，我在微博上咬牙切齿赌咒发誓，我怎么就变成如此悲剧的微博控了呢！再玩手机再刷微博我就是猪。发完这条没多久，浑身烦躁坐立不安，一边煮面当作消夜，一边按开手机，哎呀，一不小心又发了一条，好吧，我是猪，再发我就是小狗。

毅然决然去麦当劳买个菠菜鸡肉卷吃一吃，用食物抵抗来自微博的勾引。结果没撑过三个小时，我就成小狗了。

亏我自诩半个心理专家，深刻洞悉“刷微博”之狐媚迷惑，就在于未知信息永远在吊胃口，对好奇心的刺激最大化。知己知彼，还是没法打败心魔。再这样下去，我就猪狗不如了。无奈之下，我只好继续发微博，向粉丝和好友们求治疗、求偏方，这些好心人热烈跟评为我献计：拔网线、断电、注销账号、扔掉智能手机换原始直板机、去山里住几天、刻肘求戒、剁手。

看到最后那两个字，我哆嗦了。这招也未免太重口味、太狠了，我哪里干得出来。况且我是个作家，靠写字吃饭的人，怎么能剁手呢！

可这毛病如果不好好改过来，生活写作皆受影响。就在我几乎要绝望的时候，友人约我去吃饭。饭局虽小，人还不少。最妙的是，落座之后，某位朋友立刻起身招呼大家，来来来，手机交出来。我抗拒，我排斥，我敌视，干吗？为什么要我交出手机？

朋友笑眯眯解释说，我们来玩一个游戏，手机就在这桌子上叠罗汉，谁要是先动手，今天谁买单。

这叫一个釜底抽薪、背水一战。大家顿时进入战备状态，一个个豁出去了，打起精神运功抵抗，好似唐僧进了女儿国。任凭你那微博世界精彩纷呈，我自岿然不动。东扯西拉、海阔天空，茶饭剿灭、甜品下肚，八卦收尾、饭局终了，胜负最后才揭晓，万幸不是我买单。据本人冷眼旁观，那位钱包大出血的同学再拿起 iPhone 的时候，眼神之迷离，爱恨之交错，内心戏之丰富，大拇指之颤抖，完全可以拿奥斯卡影帝了。

经此一役，真是踏破铁鞋无觅处，得来全不费工夫，我给自己做心理分析，要想根治微博控，就得心疼钞票往外送。由此可见，关键还是要找到生命中比刷微博重要的事。

那条刻在阿波罗神庙的著名箴言说人要“认识你自己”，中国话叫“世事洞明”和“人情练达”，正确的解读是：不能光是去洞明别人的事，练达别人的情，还得进一步深入了解自己。对我来说，就是凭什么被叫出来吃饭，还得当冤大头啊。

冷静是最优雅的态度

保持冷静，是多么可贵的一种品质。它直接影响到生命，无数次在你面临危难的时候，它能够使你从容地过关。

有一个去外国旅游的游客，在经过隧道入口的时候，以为这个地方的交通警察管不到，于是大着胆子穿过去。这个时候他发现一个警察在不远处缓慢地跟随着。但是却没有上前来制止他。他心想：嘿，那说明他不在意，于是自在而悠闲地走了过去。结果当他走到对面时，警察迅速上前道：先生，对不起，你违反了交通规则，请接受处罚。

他很是奇怪，这是为什么？

警察温和地说：那是因为，我怕一声大喝制止了你，你会惊慌失措。而你正在穿行隧道，列车随时会开过来，那是非常危险的，更加容易出事。所以，以后请你一定要小心啊！

游客吓出了一身的冷汗，却对警察万分感激。从此他再也不违反规则，走路一定走在斑马线上。

忽然我就想起非常小的时候，在乡下的水井边玩，那是一个非常深的井，有十多米深，掉下去，是很难救起的。

遥遥远远地，我的母亲看见了，她万分惊恐，但是，一刹那却无比冷静。她一点声音也没发出，慢慢地，偷偷地靠近，在距离非常近的时候，一把把我抱下来。然后才出一口大气，大声地叮嘱我以后不可再犯。

在我成年之后，母亲提及这个故事，仅仅是用一句话来概括：关键时候，一定要保持冷静。以至我偶然看到第一故事的时候，马上回想起第二个关于自己性命的故事。

这让我一辈子刻骨铭心。保持冷静，是多么可贵的一种品质。它直接影响到生命，无数次在你面临危难的时候，它能够使你从容地过关。

快乐是一种花粉

快乐就像花粉一样，可不会从天上掉下来。我们得自己去采来，然后还要用点心经营和酝酿，才能够享受到甜蜜的芬芳。坐在那里干巴巴地等，是等不来的。

那是个热线值班的晚上，一个三十岁的朋友打来长途电话：“我不快乐，真的觉得人生好没有意思，别人好像总是有很多话题说，有很多乐子，我总是被大家遗忘，回家也是这样。”

我于是问：“您是不是遇到什么不开心的事情，您说说看看！”

她说：“没有啊！我们家一切都是按部就班，什么事情都没有。生活条件不错，经济状况也行，小孩也在读书，成绩不错。”

我很是好奇，那为什么不快乐？她说：“不知道啊，我也不知道啊！我每天上班，同事不理睬我。记得刚刚工作的时候还说上几句话，可是，现在都不和我说话了。回家，老公孩子各人做自己的事情。电视在那里放着，我却像木头一样无所适从，不知道该怎么过才好。真苦闷！你说，我是不是有抑郁症啊！”

“那么……你平时看什么书？看什么电视剧？看电影吗？逛街吗？看笑话幽默吗？跟亲人常常谈心吗？有其他爱好吗？平时和哪些朋友出去玩？”我像是在逼供“犯人”。

电话那边闷闷了半天，才开口。“我啊，不看书，也不大看电视、电影，更加不大去逛街，没有读过笑话，更加没有其他爱好，每天上班下班，回家做饭，安静吃完，各自做自己的事情。基本上，不大找朋友去玩吧。”

“可我看您跟我聊天挺溜的啊！比我还能够说。跟我聊的也蛮开心的啊！”

“大概是因为有话题说吧！”那边的她笑了。

我恍然大悟，我说：“那我明白您为什么不快乐了。为什么别人不爱搭理您了。压根就没有什么抑郁症。您看，就针对这个不快乐的话题，您跟我就聊得蛮开心的，现在还不快乐吗？”她在电话那边呵呵笑起来。

“现在我给您一个绝对有效的药方，请拿出纸和笔，每天晚上给自己安排十件有趣的事情，第二天记得去做，能做多少就做多少，至少一次三件。保证有效。然后，从现在就可以开始了，今天晚上十点有赵本山的小品，请一定一定要拉上老公和小孩一起看，好不好？不行你再来找我。”我把多数人喜欢的娱乐方式一一报上。

“好。记下了。”她认真地答应。那次以后，我还惦记着这位朋友。不过电话再也没打来，看来我的药方生效了。

快乐就像花粉一样，可不会从天上掉下来。我们得自己去采来，然后还要用点心经营和酝酿，才能够享受到甜蜜的芬芳。坐在那里干巴巴地等，是等不来的。

拥抱比说话更温暖

舌头与喉咙的信息是我们魂灵的翅膀，也是我们心智的牢笼。耽于它们，反倒忽略了更加纯粹的“身体语言”。

美国作家卡佛写过一篇叫《大教堂》的短篇，主人公家来了一个盲人朋友，盲人丧妻，远道而来探访死去妻子的亲属，顺便在小说里的“我”家借宿过夜。主客三人闲聊打发时间。

事实上，他对这个盲人曾有怀疑，因为他的妻子曾经跟一个军官有过一段无结果的恋情。他的妻子自杀没成功，后来将苦衷都倾诉给了这个盲人。当往事因为盲人的出现，被翻出来重提，他感到不快。

后来，他们聊到了大教堂。盲人看不见这个世界，又怎么知道大教堂的真实模样呢?

这个盲人提出由男主人来给他描述。可是无论男主人怎么形容比喻，都无法让大教堂的样子，真正出现在盲人的脑海里。

最后盲人提出了一个建议，不如来画吧。

盲人的手指搭在男主人的手背上，要求男主人去画。盲人跟随着他的动作，在纸上一起勾勒着大教堂的形状。

渐渐的，盲人感觉到了大教堂的轮廓。而男主人，心中也有一种奇妙的感觉，他摆脱了口头描绘的艰难束缚，回到了事物本身的共同体察。

前段时间看法国电影《不可触碰》，在一次跳伞运动事故后，菲利普，一位富有的贵族头部以下都瘫痪了，就像一块冰冻的牛排，只能坐在轮椅上，生活无法自理，因此他找了黑人青年德瑞斯来家里帮佣。

德瑞斯是一个郊区的年轻人，刚从监狱出来。简单来说，他是最不适合这份工作的人选。

但是有钱人雇佣了德瑞斯，因为德瑞斯的言行举止大大咧咧、嘻嘻哈哈，根本不把菲利普的疾病当回事，这让菲利普不必总是活在同情怜悯中，被护理人士提醒自己已经废了。这部电影在幽默笑闹中深情，在哀伤绝望中温暖，有很多动人的亮点细节。

然而我印象最深刻的一段却是雪夜里，菲利普犯病痉挛，是长年吃药抗肌肉萎缩的后遗症。他呼吸艰难，满头是汗，痛苦得好似一个无助的幼儿。这时正在抽着烟的德瑞斯，飞快丢了烟头，来到菲利普的房间。

他其实也不知道怎么办，但是他尽量安抚菲利普，抱住菲利普的头，像一个父亲对待孩子那样。就这样，菲利普终于在比他年纪小很多的德瑞斯怀里平静下来。

这一段静静的画面，让我想起我曾读过的一个护士的故事，真的是太像了。那个护士的工作是照顾那些需要临终关怀的患者。

她陪伴的病人一般都是绝症病人，到了死亡的末期，痛苦不堪，无可救药也无可宽慰。

有一个病人，到了尽头前的最无可奈何时，职业手册上的指南和那些关爱手段都失效了。

那一次，她护理的病人痛苦地在床上哆嗦，她只能束手无策，语言已经无用。她也不知道如何是好，看着蜷曲可怜的病人，无限悲悯的她做了一个职业手册之外的行为：她爬上床，紧紧地抱住病人。

很久之后，病人在她怀抱中，安静下来。连她自己都想不到，会有这个举动，也想不到这样做会有效。

李商隐写“深知身在情常在”，我们的肉身，恰是最珍贵的存在，情感意识的传递送出，一颦一笑，一个手势，一个动作，其实更加吻合我们的天性本能。身在，情在。

岁月渐长，我们在后天教化里，得到了口头语言和文字，有时候会忘记了身体的本能表达。舌头与喉咙的信息是我们魂灵的翅膀，也是我们心智的牢笼。耽于它们，反倒忽略了更加纯粹的“身体语言”。

尤其是人类痛苦到极时，言语会失效，拥抱亲吻，依靠在肩头流泪，却可安抚备受折磨的心。

电影名为“不可触碰”，实则在大雪的夜里，两个人物的身体触碰了。由此他们彼此信任，产生一种介乎父子之情的依赖。

护士发自内在的悲悯，与病人身体接触了，给予了病人珍贵的临终关怀。

小说里的男主人受困于言辞描述的无能，也借助于身体接触了。

安抚身体和安抚心魂，本就是一体的。

改变不了世界，改变自己也很好

其实能改变世界那就去改变，改变不了世界，改变自己也是好的。

人生的真相就是如此。

我去哈尔滨的一所著名大学讲座，台下的学生提问，老师，我不喜欢我的专业，怎么办？

我当时的回答是：你只有两种办法，第一就是赶紧换一个专业。

我还没来得及说第二个办法，学生们就无奈得在下面嚷嚷，换不了啊！不同专业对分数和成绩的要求不一样。本来就是不喜欢的专业，更加不想去学，成绩怎么会好呢？

这么一听，倒是进入死胡同了。

不过我还是先把我的第二个办法说完。如果你换不了专业，就得想办法在本专业里挖掘乐趣。

怎么挖掘乐趣?

再说说我自己的故事吧。我当年一心想学文学专业，因为我父亲的建议，改成了法律。可我真心不喜欢法律，枯燥乏味。但是没办法，学费是爸妈出的，我也不了解专业未来的就业情况，只听父亲说，法律热门，就服从了。

在大一的时候，我在省里和全国知名的文学大刊发表了作品，顿时成了院系老师同学眼里的才子。说真的，非常满足一个人的虚荣心。毕竟没几个学生做到这一点。但问题是，我读的是法律专业，文学毕竟不是本专业。很快，有个同班同学，在《中国青年报》发表了法学方面的文章。把我的风头抢走了。

那时候年轻气盛，咽不下这口气。为了虚荣心，拼了，我也去认真阅读法学著作，浏览专业文章。半年后，我也在《中国青年报》发表了法律评论，不止如此，还更上一层楼，在《光明日报》也发表了法学方面的文章。

就这样，轰动了法律系，因为我是第一个在这份大报发表文章的本科生。没有硝烟的虚荣心之战，我终于赢了，风头抢回来了。可是，出风头这个事情，很快就过去了，当时兴奋，过后平静。而我在这个过程里，读了非常多的本专业的东西，发觉法律其实很有趣。有各种各样的人生故事，活生生的真实案子引发的思索。结果，我渐渐有点喜欢上我的专业了。再后来，我文学与法律都学的还不错，兼顾了。

很多大学生觉得自己不喜欢自己的专业，其实，并没有认真了解那个专业的全部。大多数人年纪太小的时候，因为逆反心理，个性很顽固，不喜欢就极其厌恶。因为偏见，忽略了这个专业的背后也会很有趣。

其实，大学里的每一个专业，之所以能够存在，就已经经过了千锤百炼的淘汰和争论。有很多聪明的大脑，为之付出过心力，设计安排。我们也不像自己以为的那样，喜欢或者不喜欢一个专业一开始就定型了。只要你能挖出乐趣。

就算挖不出乐趣，哪怕是迂回战术，你也可以保证本专业不挂科顺利毕业，再学个有兴趣的第二专业呀！

讲座之后，有一位男生要我写给他的寄语是："某某，去改变世界。"时间匆忙我没来得及说完整。

其实能改变世界那就去改变，改变不了世界，改变自己也是好的。

人生的真相就是如此。

第三章

如果时光能倒流

时间呀，就像白色的骏马跑过缝隙，你只来得及看见一道影子。

那些当初写在纸上的理想，渐渐地，真的都忘记了。

谁不想做自己喜欢的事

谁不想做自己喜欢的事？当你从低头忍耐里强大了，你可以获得越来越多的能力和自由，去做你喜欢的。

大学里的专业问题，延伸开来，也涉及到毕业后的工作问题。你如果恐惧找不到工作，暂时先做了一份不喜欢的工作，做的是自己不喜欢的事情呢？

幸好，工作不会强迫你，你是可以自己决定去留的，只要你自己承担后果就可以了。

我因此想起我以前写过的一个小短文。

有个外国孩子叫艾伦，他9岁的时候，在南达科他州祖父的农场里，开始他的第一份工作——赤手去捡牧场上的牛粪饼！一般的孩子都不愿意做，艾伦做得好极了，即使这看上去实在不算好工作，但他很认真地在做。

一段时间后，艾伦的祖母开着一辆福特车，来学校接他。祖母告诉他："艾伦啊，祖父就要把你想要的新工作给你了。你将拥有自己的马匹去放牧，因为去年夏天你捡牛粪时表现得极其出色。”这样，他在工作岗位上得到第一次提升，他很开心。一个小小的信念也在他脑袋中生根发芽。

后来，艾伦成为南达科他州一名每星期挣 1 个美元的肉铺帮工，这份工作仍然恶心，但是他的原则很简单：先做好，肯定会得到提升的，然后就能够摆脱掉这工作了。

果然，一切按照他想到的发展着。他赚了一笔小钱，摆脱了体力活儿。然后，他去了美国的著名通讯社——美联社，成了每星期挣 50 美元的美联社记者，那信条他一直坚持。

很多年过去，努力，获得提升，摆脱低级工作。最后，他成了年薪 150 多万美元的首席执行官。

艾伦·纽哈斯后来是全美国受人模仿最多、阅读面最广的报纸《今日美国》的头儿。回想起自己童年的生涯，他只是感叹了一句：如果你干的是一件恶心的活儿，如果认真干下去，而且尽量干好，你八成会得到提升，再也不用干那样的活儿了，这比当个无用的人胡混下去强多了。

发展心理学研究中有一个经典的实验，称为“迟延满足”实验。实验过程大致如下：实验者发给 4 岁被试儿童每人一颗好吃的软糖，同时告诉孩子们，如果马上吃，只能吃一颗；如果等 20 分钟后再吃，就给吃两颗。有的孩子急不可待，把糖马上吃掉了；而另一些孩子则耐住性子、闭上眼睛或头枕双臂做睡觉状，也有的孩子用自言自语或唱歌来转移注意、消磨时光以克制自己的欲望，从而获得了更丰厚的报酬。在美味的软糖面前，任何孩子都将经受考验。

这个实验用于分析孩子承受延迟满足的能力，所谓的延迟满足，就是能够等待自己需要的东西的到来，而不是想到什么就要什么，这是一个很通俗的解释。

研究人员在十几年以后再考察当年那些孩子现在的表现，研究发现，那些能够为获得更多的软糖而等待得更久的孩子要比那些缺乏耐心的孩子更容易获得成功，他们的学习成绩要相对好一些。

在后来的几十年的跟踪观察中，发现有耐心的孩子在事业上的表现也较为出色。也就是说延迟满足能力越强，更容易取得成功。

也就是说，即便是你不爱的工作，只要你坚持到可以超越这工作，就可以摆脱低级工作了。你的起点和低级工作阶段，成为你的积累阶段。对于大多数人来说，不可能一开始就拥有那么多自由选择的资格和余地。

谁不想做自己喜欢的事？当你从低头忍耐里强大了，你可以获得越来越多的能力和自由，去做你喜欢的。先忍耐，攒够资本再出头。

你看起来那么努力

理想不需要一双高蹈而不切实际的翅膀。只需要一双结实的、理性的，以及心态安稳的脚底板，一步步踩着地面走。

大学时，我有个最为欣赏的学长。心比天高，文笔洋溢，辩才无碍。毕业前夕，他怀揣着理想上路，去了一家省级青年报做编辑。当时的他，已经是校园名人，拿过全校最佳辩手，风华正茂的时刻，赶上那家报社创业初期，信心饱满，信誓旦旦。

那份报纸的大幅广告贴满城市的角落，一切都让人激情澎湃。他学习多年的法律知识，积累长久的新闻敏感，还有那一笔好文章，一口好辩才，就等待着东风吹起。

不料，报纸没办出生路之前，就抛弃了他们。中间辛苦几个月，做版、坐班、采访、写稿、编辑，全部成为了“实习”。

没有签订正式的协议，也没有正式的洽谈福利待遇。当时唯一的解释是，为理想和事业开始，那么，必定要做出牺牲。报纸等待资本注入，等待咸鱼翻身。最后，刊号变成另外一家传媒集团所有，这些年轻人，梦想破灭。

于是他在毕业时候，回了家乡，一个位置在中部却算西部的山区自治州。混迹一年，困顿万分，怎么也想不到会有这样的生活状态。

对于还没毕业的我，他是我的师兄，也是一个参考个案。我第一次近距离看见一个人的挫败和失意潦倒。哦，原来那些跟你猛谈理想和未来，看起来很牛的单位，说垮就垮啊，什么正规的保障待遇都没有，堪称社会第一课。

没有什么比这种打击，更加让年轻人压抑和痛苦。功成名就成为泡影。

该怎么办？这个学长经过一整年的沉淀与反思，重新开始寻找理想的时候，给自己重新规划了人生。

他言之凿凿，跟我说，他要选择自己可以读的专业，选择自己学得好的学科，上北京，拜会导师。他情绪高涨，表示要回来和师弟们在一所普通大学上晚自习，读书。他想选的专业是国际航空法方面，国内研究不成熟，尚在起步，导师是这个领域的权威。若能够读上，跟对方向，大有可为。

但是，他半途放弃了考研，又去了某个热门大型网站。我很不明白，他为什么会这样。他说是因为那网站许诺高管位置，还有不菲薪水。

去了之后，他发现好多红红火火的事件都是策划炒作，很低级庸俗。他又觉得跟自己的理想差距太多。于是他又回家乡的法院，做了两年，觉得气闷，跟周围格格不入，放眼望去都是混日子的庸俗。

他辞职，去了响当当的某个大电视台，在外包机构做片子。他常常深更半夜打电话给我，给我们当年玩得好的其他同学，倾诉，又倾诉。

眨眼，十年过去。

他混不下去，辞掉工作，离开北京，想在我们母校所在的城市重新开始。但是这个城市已经日新月异，没有他的位置了。去高校，他学历不够；去媒体，他嫌弃省市媒体低就；重新考研，他已经没有耐心。

他在北京混过。帝都这样的地方，掉一片树叶，都能砸中一批大官和顶级名人。他出入结交的是哈佛学者，采访的是北大清华最牛的学者，目睹的是身价亿万的国际企业家。

可是，这跟我们自身有什么关系呢？

刚好我在职业生涯的中途，兼职做过一份中央级报纸的通讯员。他所能看见的赫赫人物，我也见识过。今天飞北京采访部长，明天飞南方参加商业会议，但我很明白，这些经历，只是因为背后的平台是金字招牌。离开了平台，你自身有多少价值才显现出来。

很多人就迷失在了这样的浪潮中——依靠大平台，左右逢源；离开平台，什么都不是了。

一个清醒的人，应该在平台里学习到的，不是谈资吹牛，我跟谁一起吃饭一起聊天，而应该提高自己的本事，打出自己的名号，拿出自己真正的作品。

人生不该只有世俗评判的标准，金钱权势和成功不是单一的。然而，一个人十年过去仍然不知道自己要什么，也没有为自己积累起应该有的职业江湖地位，那么，我们只会觉得，他的心太浮躁。

仔细交流后，我发现他没有一件事认真做满三年。不管是编辑记者，还是纪录片导演，不管是法院书记员，还是网站公司部门总监。眼界开阔得不能再开阔了，人却再也无法静下心来，像古人说的那样“三省吾身”，觉察真正想要什么，能做什么。

这中间，他还像个真正的文青那样，云南丽江、厦门、西藏等等，独自去旅行。然而，旅行就是旅行，并不会一下子就让人脱胎换骨，该面对的，不会少。他没有长期稳定的工作，没有准备结婚的固定女朋友，当然也就没有考虑买房，没有考虑买房，就没有积蓄，没有积蓄……离开电视台回到家乡，他想做生意，他让母亲失望了。毕业这么久，工作一换再换，还要家里资助做生意?

他来找我，住了半个月，白天深夜都在谈人生。

我劝他，到了选定自己的职业，沉下心做好的阶段。他却问我，有没有兴趣一起做生意，开一家图书公司？我哑然。

扪心自问，我怎么敢跟这样不定性又天真的人一起开公司?

我们一心为理想寻找一双可以飞登天空的翅膀。却不知道，理想需要的，只是一双踏实的脚板。如果你真的去看看身边的这个世界，也许你会发现，你的判断，也许真的太固执、太稚气。

后来，我所经过的道路，我和我的同学们所经过的道路，虽然细节不一，却大致差不多。

我们在大学可以激情，可以指点江山，却没有意识到，你能够指点江山、挥斥天下，口头盘点历史人物、现世高手，恰恰是因为，那是一群孩子待的地方。

人们对于没有真正长大的孩子，总是宽容的。因此我们自信膨胀，以为自己就是济世之才，就是国家栋梁，顶不济，也能够混个人模人样。

有时候，放弃错误的理想，比坚持正确的理想，难上一百倍。但是，在无数不确定的命运，最后被事实证明过后，我们还能够那么坚定地，认为自己是理想主义最后的拥趸?

真的，那是一种遗憾。在我们成长当中，居然没有人告诉我们，你在追求理想之前，多半要经过沉默无闻的那种生活，你要生活的如同水浒李逵说的：嘴巴里淡出个鸟味。

你要自己坐热板凳，成为不可取代的职员，才能不断进步。

你在炼成火眼金睛之前，可能被很多老板拿理想、情怀这些大词忽悠欺骗，之后才会沉淀出坚韧的心志，才能够培养出洞悉本质的眼光。

你既要赚钱谋生，独立自主养活自己，也要不断充电，不断学习，更上一层楼。你越是积累，就越多财富，越多能力。

你要埋头苦学，把同事和朋友的优点经验，一一吸收，琢磨消化，才能够将你所得到的间接的经验，转化为实实在在的自己的本事。

你要搞清楚自己的条件，自己的个性，自己的能力，你才会真正知道，你自己，究竟在这个世界上，站在什么样的位置上，你究竟，是一个什么样的人，你以后，会抵达什么样的成就。

我们的成长，就是在一滴一滴的失败中总结和矫正的。我们仰仗的评价标准，曾经是那样脆弱。你能把每一张试卷做到拿一等奖学金，仅仅会因为不会用打印机，被大老板视为笨蛋。

运气也很重要，但谁也不知道是否属于你。你得时刻准备好，等风来。风不来，你还得换一个有风的地方。

20 岁到 30 多岁的十年，是一个人积累和定型的时期。十年里，你做了什么，就会把你塑造成什么人。

十年时间，把我塑造成了一个去过自己想要的生活的作家。我不比商人有钱，我也不比大学教授更加有学问，我没有官员的权势，但我知道自己要什么，我为之努力，并且得到它。

十年时间，在法院的同学已经走上中层岗位，在大学的同学准备评副教授，在媒体的同学基本都是副主编，甚至公司安心做上班族的同学，也买好房子车子跟老婆孩子过自己的小日子。

人各有志，没错。但你真的喜欢你的志向吗？还是说，只是因为它满足你的短暂虚荣。

理想不需要一双高蹈而不切实际的翅膀。只需要一双结实的、理性的，以及心态安稳的脚底板，一步步踩着地面走。但愿我的学长，从此把握好自己，开始新的生活，不要再看起来那么努力、那么折腾、那么富有才华，其实荒废了十年珍贵的光阴。

人生的斗志不灭，爱惜自己的健康，积累能力，你还有下一个十年，千万别再荒废。

学会婉转

人的一生就是在不断追求认同的过程里，获得成就感的。

先说一个故事吧！这是来找我咨询的一个年轻人的经历。

电话约好了韩海，叫他出来，我请吃粤菜。他的胃口不错，光顾着吃。我冲他大倒苦水说："我们上个星期换了个头儿，他以为他是谁，这不，差点出了个大洋相。"

"出什么洋相？"韩海抬起头，好奇地问我。

我喝了口水，说："你不知道，我们这个新来的头儿原来在上海一家大公司，所以把那家公司做事的那套搬过来。尤其恐怖的是，他很喜欢找他的上司要事做。你想，大老板自然喜欢他，可是苦了我们啊，做牛做马为他争光。不过辛苦是辛苦，责任啊、构思啊他也全部包揽了。我们乐得放松。就是有时候开会迟到，他会叫你站着，直到会议结束。"

韩海说："遇到这样的头儿你算走运了，还抱怨啊！"

当然啊，我恨恨地说："前不久，产品要换新包装，重新制作广告，这活应该由别的部门做，但他一积极争取，事情就砸到我们头上了。在开会讨论时，他提出了一个古怪的创意。我们大眼瞪小眼。我忍不住说，创意是好，可未必做得出来……我话还没讲完，就被他打断了，你还没去找广告公司，怎么就知道做不出来？如果这家做不了，我们就换一家；如果成都做不了，我们就到上海去做。"

他这样，我们没脾气了。最后他又说，这是谁谁交代的事情，一定要全力以赴做好。

我没法，只好把他的怪想法对广告公司说了，那边一听，马上叫起来："你们头儿脑袋有毛病啊，这种东西也叫我们做啊？我们干不了，另请高明！"

我只好直接找广告公司老总，她也无奈地说："你们是客户，本来应该满足你们的要求，但做出来会影响我们声誉的。"

回头我把广告公司的意思转告头儿，他一听大怒，说要送到上海去做。我心想，你这么个方案，送到火星去也没办法。

我叹气，不过，实事求是地说，这个创意也有不错的地方，只要变个方式是可以实施的，而且效果还不错。

"那你提出来了没有？"韩海问我。

"没有。"

"为什么不提？"

我说："这本来就不是我们的事，他既然要越俎代庖，让他去弄，搞砸了跟我没关系。我还真希望他弄砸，即使大老板不炒他鱿鱼，也让他知道收敛一点，别以为我们都是草包。"

没错，是有可取之处，但主动提，那不是自找麻烦吗？我们本来就等着看笑话的。过了一会，我反问韩海："我这么做是不是有些过分？"

"当然不好。"

"问题是他这种工作作风，会喜欢别人对他的主意说三道四吗？"

"呵呵，那看你怎么提啊！你要是真愿意听，我才说。"

我想了想说："我们这个头儿为人虽然狠，但实事求是地说，人品还不错，没有坏心眼。所以，有时我也想帮帮他，尽快打开局面，但你也知道，从小到大，我都比较傲，我实在不习惯主动和领导套近乎，可能是得了领导沟通障碍症。"

韩海摇摇头："别说得那么邪乎，我觉得你不是性格问题，而是习惯问题。"

我委屈地说："我哪儿会拍马屁啊，你教我吧？"

韩海想了想，指着桌上的汉堡包说："你知道吗？多数上司没有时间的时候，喜欢吃个汉堡包解决。"我茫然不解，没发现我的上司有这个爱好啊？

韩海给我解释："你呀，每次给上司提意见前，就先来几句好听的话，表示自己的诚意和礼貌，营造出愉快轻松的氛围。先对他的广告创意中确实不错的地方美言几句，反正送好话不花钱。夸完了再回到正题。你要委婉又坚定地提出自己的想法，比如对方的不足之处，以及你自己的设想。最后又是客气话，什么这只是一些初步的想法，也有不成熟的地方等，表示自己的谦虚，并不是蔑视对方的权威。"

"真是个马屁精。"我笑了，"但这跟吃的有什么关系？"

韩海微笑着说："你看，上下两层面包夹着肉，就像提意见，开头结尾都是客气话，中间就是意见。间或还要有点闲谈，就像生菜一样，平衡口感。整体来说，可不就是一只汉堡包？"

我这才开窍了，忽然明白，我到底是为什么烦恼了：原来是心里有提意见的渴望却不会提，憋在里面才郁闷。不然怎么会那么斤斤计较头儿的小毛病？

我想我也明白了接下来该怎么做了。表达意见和情绪没错，但要使表达被接受，就得用谦虚客气与赞扬，夹住你的意见。我似乎已经看到，下次，我的那个脾气古怪的上司，在微笑当中，接纳了我的意见。

工作的人，都有一个误区，那就是“人性失望论”。老板都是忠言逆耳的，老板都是爱听好的。老板为什么做不到“闻过则喜”？

从心理学角度看，人都不喜欢被否定，尤其是直接否定。因为否定直接刺激到一个人潜意识里最深刻的地方——自卑。人的一生就是在不断追求认同的过程里，获得成就感的。否定，就意味着你不行，你差劲。任何一个上司都很难做到闻过则喜，历史上只有大圣人，超级贤者或权谋家做得到。世界上多数人是做不到的。

这是人的感性与理性的分离。理性告诉对方，你提的意见是对的、有效的、合理的，但感性上，却觉得被嘲讽了，会难受。

汉堡包法则就是在感性与理性之间的平衡。道理其实很简单，良药苦口，裹了糖衣就行。刺激一个人的自卑，令他人自卑，还会牵引出嫉恨。我不行，就你行，那么上司很容易就容不下你。

核心意义其实在于，我在这件事情上高明，并不等于你无能。我的意见是提供给你参考的，而不是用来批判否定你的。甚至于，有时候就把功劳推给上司也不妨，因为你的价值已经体现，上司只会更加依赖你，这个时候你所提出的要求，更加容易实现。

十年前扇过的翅膀

我们在这世上，选择什么就成为什么。你是什么，你便选择什么。人被塑造，也自己塑造自己。做过的事情、涌出的念头，构成了此时此刻的我们，再走向下一步。

人生有巨大的不确定性。

我从小就挺宅，不爱跟其他孩子玩。17 岁那年开始，我在法律系的教室，听到各种故事，很多让我瞠目结舌。大学时写作很顺利，也只是笔头功夫。

然后毕业去了一家心理学杂志。我纯属好奇。

我并不知道，我打开了人间的潘多拉盒子，见到深深海底才有的奇异斑斓。

当时，我的单位硬性规定必须值夜班、接咨询热线电话。当然了，夜晚回家不方便，会给 50 块钱的车费补助。

我们好几个同事不乐意，说：“为什么不邀请社会义工参与呢？”

领导回答：“社会义工根本没有知识背景，有的自己都有问题，不像你们天天熏陶，有基础。”

但是当时的我们，写一篇文章几百块，谁也不乐意浪费时间在这件事上。

不过，我又有一点好奇心。我之所以选择这家杂志工作，就因为怀着对他人的好奇心。说得俗一点，其实是一种写作偷窥欲。

说不定有精彩故事呢？

就这样，我怀着不满，讨价还价协商后，愿意一周接听三次，并且增加我的编辑版面，相当于间接提高补助。

在深夜，我开始跟全国各地无数千奇百怪的人谈心、谈人生，各种你能够想象到的奇葩人士、边缘故事，时间久了，便司空见惯。用术语来说，叫脱敏。

比如动不动就有人打过来，哭着嚷嚷要自杀，准备放弃一切。至于失恋的、被父母抛弃的、说自己破产的，层出不穷。

有的故事，让你难过落泪，有的故事，让你愤怒。但这些情绪都得控制好。一般我会接到了问题，按照电话咨询手册的标准回答来应付。应付不了，请他们接着明天打电话。

也有纯粹是无聊搞笑的人，电话一打过来，就唱歌，问我唱的好听吗？说自己有个梦想，成为歌星。我只能忍住笑，闲聊几句，建议他不要耽误他人宝贵的求助时间。

当然了，我会把搞不懂的问题，隔天询问那些知道有经验的同事。

后来我又玩票性质当了半年记者，一会儿飞去北京采访高级官员，一会儿去小城市参与医学会议，一会儿去山村了解最底层人的生活。

最终，我变成了一个见多识广的人。

后来，我去很多的大学和知名企业做讲座。登台讲座浑然忘我，从不紧张，效果奇佳。我自己都想不到，我当年接热线电话，会锻炼出表达能力。

那些我不喜欢的、我厌烦的、我抗拒的人生阅历，一点点构成了我。不知不觉，居然功夫就上了身，一出手，还很吓人。

十来年以后回顾，我发现我做过很多事情，有过很多积累。

不管是压力之下被迫去做的工作，还是我自己兴趣爱好去客串的事情，我都去做了。

十年前我扇动翅膀，构成了当下的我。

我有个老友，现在做编剧，跟我聊天，说起一件事情十分感慨。2008 年的时候，他在一本给年轻人看的杂志写东西。当时有个模特歌手在那本杂志上面开专栏，他的名字叫作李易峰。到了 2014 年，这个歌手靠演戏开始走红，而且红得一塌糊涂。未来确实让人难以预料。

如果李易峰当时熬不住，转行了呢？如果李易峰太迟钝，一直唱歌、一直跑龙套，没有学习也没有进步呢？

他的颜值一直都很高，为什么必须等到一场受欢迎的电视剧，才红起来？还有的人演了很受欢迎的影视剧，人却依然不红。

这大概说明，颜值只是个基本条件。必须拿出作品来。

有了作品，也只是一个契机，还必须融合时机运气。这个时候，他的颜值获得了最大化的发挥。

我最近还常常看《金星秀》。金星的生命太过传奇，她跳了半生舞蹈，年轻时候恐怕也没有想过自己会开脱口秀，还那么红，国内电视节目同时段收视率第一。但是，她出国的经历、跳舞的经历、打工的经历、遭遇飞机上歧视中国人的空姐的经历，最后都变成了她脱口秀的重要内容。

没有这些多年积累的东西，她拿什么来秀？

有一部电影叫《蝴蝶效应》。我当时看的时候，当科幻片看的。但多年以后，我却另外有看法。男主角伊万总希望能通过改变自己的过去，来造就满意的当下。但事实上，过去就是过去，牵一发而动全身。

男主角每次回到过去修改，都会导致一连串的时空扭曲，事情的发展跟着改变，失去控制。

蝴蝶效应的故事源头是气象学家说，南美洲的蝴蝶扇一下翅膀，通过种种因素，就可能引起亚洲地区的一阵台风。

这个故事本身在气候学科研究里，是不大被承认的。蝴蝶扇动翅膀引发台风的概率极小，受很多因素影响。

但对于人生来说，正是被一个一个的转折所造就的。人跟昆虫不能机械类比，人的力量和未来，一旦开窍上道，汲取知识和智慧，勇猛精进，不可思议，超过想象。就像普通的师范大学毕业的马云，奔波推销网络黄页的时候，不可能预估到今天自己的中国互联网企业老大的位置。

我们在这世上，选择什么就成为什么。你是什么，你便选择什么。人被塑造，也自己塑造自己。做过的事情、涌出的念头，构成了此时此刻的我们，再走向下一步。

十年前，我是一个怀有好奇心的人，我也是一个想要摆脱既定生活的人。

我放弃父亲本来找过的关系，没有去枯燥的单位上班，我放弃了一个网站大佬的邀请，去了心理学杂志，想搞清楚心中的各种困惑。我很早就买房，然后又放弃工作，选择自由职业。

就这样，我一步一步变成了现在的我。

如果当初我完全拒绝了深夜值班电话，我或许就一直埋头编辑稿子、沉浸写作，不怎么跟外界进行语言沟通。

而现在，很可能，我会在一场又一场的讲座之后，成为一个演讲达人。

深宅写作带给我宁静，跟自我的对话与沉思。而讲座，我在很多次现场面对面的交流中，遇到很多有趣的细节，很有特别的现象，甚至碰撞出很多奇妙精彩的火花。我得以验证思索结果、修正观点、继续累积阅历。

人本身，才是最大的资源宝库。人生可以规划，并且要努力，但不该死板僵硬去执行，也不要拒绝尝试改变。遭遇失败，要能反思，然后站起来。

最终，我们都会完成自己的一生。如今我很清晰明确自己要什么，并且朝着既定的方向走下去。如果沿途还有惊喜和改变，我也会凝视它，思考它，审视它，选择它。

荣耀声名、经济回报，都是附属而来的，辅助我们获得更多的人生自由和内心满足。

我一直怀着这种笃定。

像猪仔一样认真

如果你做了自己喜欢的职业，一定要付出足够的热忱和干劲，才不愧对自己。

我在南方的一个城市工作的时候，曾经有一位同事，就叫她猪仔吧。她还挺喜欢猪的，尤其是王小波笔下那头自由自在的猪。

她会为了一篇稿子，跟主编大吵大闹起来。

猪仔觉得那篇文章非常棒，应该签发。主编却觉得那篇文章还有不完美的地方。我看着她们两个在办公室里面，面红耳赤地争辩。僵持许久，我们这些旁观的人劝不住，只有瞠目结舌。最后编辑猪仔就哭了。

主编也泪光闪闪了，只好退一步，让她再修改下就发出来。后来我们开玩笑，猪仔同学，你这是用眼泪在上稿。

我想她应该是对自己所从事的工作，发自内心的热爱。她对自己的判断、审美也很坚持。否则干吗要为了一篇稿子，弄到这个地步。

一篇稿子的编辑版面费，充其量一百块，还不如自己写个文章拿到的稿费的十分之一呢！

这是现实版的“编辑部的故事”。如果你做了自己喜欢的职业，一定要付出足够的热忱和干劲，才不愧对自己。

那篇文章，最后发表出来，被著名的畅销杂志转载了。

你看，她的判断也挺准确专业的。

哪怕一个主编，也会对受欢迎的好文章看走眼。

再说点题外话，很多人其实只是爱好文学，并没有打算认真从事文学。哪怕你是一个很有天赋的作者，写成一本书的容量至少也要一二十万字。很多人连趴在桌子前面安静地完成一千字都叫苦连天，更加别说让他阅读很多的书，写很多的笔记，整理自己人生所经历的过往。

不止写作，画画、弹琴、打球、运动什么的，其实也是这样吧。你要很爱这件事，并且认真做上很多次，做出水平来，对自己完全有信心。否则，那只能叫业余爱好，而不是专业。

青春里漏掉的一课

半青春时候的初恋，清淡得像抽过的香烟，对着灰烬什么都忘记了。

这是我在接听热线时，聊到的一个少年的故事。这个少年连续打了三次电话，想把心中压抑许久的感受讲出来。后来，得到他的容许，我把他的故事整理发表在《青年心理》杂志上，用了第一人称记录的方式。

高二的最后一场考试格外重要，要分重点班。我读的学校是寄宿的，我一再打电话给父亲，我厌恶那些不求上进、乌烟瘴气的同学，没法子在不干净、不清静的环境里继续我的学业。

父亲自有办法，他送了点小礼就买通了门卫。你可以想象到，每个学校的门卫有着单独一间空房子，而他们基本上用不着。

自然，父亲不知道我心底藏着的另外一个秘密。那时候宿舍统一管理，如果不能够按时回去，那你只有乖乖被抛弃在外，被班主任发现了，那是天大的事。

现在兼顾了复习不说，最重要的是，我可以自由地约会朱小齐。没错，我就是早恋了。这有什么呢？我的成绩照样是班上数一数二。朱小齐真的很漂亮，唯一的缺点是太小巧玲珑。她家就在学校附近，异常方便。天时地利都有了，我们晚上在学校教学楼后面的桃树林子里见面。

之前我和朱小齐仅限于牵个手，抱一抱。那天晚上我感觉自己真的冲动了。两个人走啊走，我下意识在雕塑水塔下停住。幽暗的光线当中，我只看见朱小齐的嘴巴，像是我过生日时吃的水果蛋糕上的樱桃。我贴了上去，那是一种柔软的像是棉花糖一样的感觉，有点甜丝丝的。我胆子如此大，其实心脏在疯狂地跳，我甚至可以听到朱小齐的心也在跳动的声音。

突然传来一声大喝。一个人影站在几米开外。手电筒的光先是照上朱小齐的脸，骤然强光刺激，她捂住眼睛。我慌忙一推她叫道："快跑。你回家，我回去。"

狼狈不堪地奔出几米外，手电筒的光还乱照一气，身后的声音说："我看清楚你们了，我知道你们哪年级哪班的，跑了也没用……"只是在喊，却没追上来。

我上气不接下气地逃回去。镇定下来，拿出钥匙开了小门，将门关好。我脑袋里忽然想起课本上的一句，累累如丧家之犬。会是哪个老师？他究竟会不会告发我和朱小齐？理所当然地，我辗转反侧，一晚上失眠。

第二天没课，我继续在小房间复习。捧着模拟试卷，我不住地发呆。我很想去教导处门口看看张贴栏，但害怕真的贴了出来。

连续几天，我远远看见朱小齐，赶紧就各自走开。

这真是意外。第四天我躲在小房间里，听见外面有人聊天。我听见门卫大叔在讲话："是赵老师啊！坐坐喝口水，歇一下。"门卫大叔其实是个好心人，遇到老师，招呼坐坐休息休息。

那个赵老师回答“是啊”，接着说，“我跟你说件笑话，嘿嘿，昨晚巡夜，遇到两个小屁孩在那亲嘴，就是学校水塔雕塑的后面。小小年纪不好好学习，学大人谈恋爱……”

门卫大叔附和：“是啊，是啊，现在的高中生，不像话。”

那个声音，不就是昨天晚上那个人？

他说到这里，我只觉得羞愧，但接下来的话，叫我生出恨意：“都没发育好，懂什么爱情。可惜没看清楚哪班的，不然还不找他们家长。我喊了几句看清楚他们了，让他们紧张紧张。”

我恶狠狠抓起一支铅笔，一折为二，这算什么老师？

自然我继续大着胆子找朱小齐，把偷听到的如数转告。朱小齐一听，说：“这个赵老师我知道，哼，他就是那个刚刚从大学中文系毕业，分配到我们学校的。还和我们班的林芳艳走得特别近。”

“那不是师生恋，难道你嫉妒不成？”我忽然笑了。

朱小齐嘀咕：“其实就是因为你和赵老师长得有点像，我才喜欢你的。”醋意泛滥了我的胸口。朱小齐看了我一眼，有点害怕：“陈柯你干吗笑得这样阴险？”

我说我有事，先走了，回头再见。“赵老师，有你好看的。要你恐吓我，破坏我的好事。”

没什么比谣言最好制造了。高二（六）班的赵老师，跟学生谈恋爱。我见到他们偷偷在学校角落亲嘴呢！沸沸扬扬传开的时候，许多家长也知道了，家长们给学校施加压力，要求惩罚这个老师。学生则把目标对准林芳艳，真是早熟，都跟老师谈恋爱了。

我毕业那年，赵老师从市八中下放到县城了。

我很顺利地考上心仪许久的大学。当然，也和朱小齐分手了。

半青春时候的初恋，清淡得像抽过的香烟，对着灰烬什么都忘记了。

我只在 MSN 上和朱小齐偶尔聊几句。她上了青岛的一所专科学校，这对她来说很值得骄傲了。

大三的时候，高中同学集体聚会。议论往事，都陷入怀旧。有个女生发言："当年高中那个年轻的赵老师，长得很帅，师范大学中文系毕业的才子。上课常常开玩笑，也不过才毕业，就有点贫嘴滑舌，但他特别照顾贫困生的学习，农村来的林芳艳就是其中一个。林芳艳特别努力学习，常常拿着题目问上半天，我们其他的女生，看他们靠得近，特别特别嫉妒。后来不知道谁造谣说他们师生恋，其实根本没那回事。"

我心里咯噔了一下。

"他走的时候我们送别，他苦笑，不知道得罪了谁，非要冤枉他。这么大一顶帽子，简直毁了他的前途。"

那居然是一个好老师？

我对着电脑茫然了。我一直觉得我的青春岁月没什么后悔，学业、爱情都不赖，但我却做了那么愚蠢的一件事情。阴差阳错的恶气与报复，轻易就扭转了两个人的命运。我感觉胸口抽痛起来。

"那林芳艳呢？"我问。

"她是当年班上的尖子生，是标兵，但最终没有考取理想的大学。后来去广州，成了打工妹，她跟所有的同学都没有联系了。一直到毕业，她每天晚上都要哭，因为她放暑假回家，农村观念传统的父母毒打她，骂她不要脸。我始终忘不了毕业的时候，她满脸的绝望表情。”

我哭了。我相信，自己绝对不是一个残忍的人。但我却做出了残忍的事。

我忽然觉得，懵懂的少年时，我缺了很重要的一课。如果时光能够倒流，有很多事情我不会那么冲动，我应该不会做出来。那一课应该就叫“做人”。

大学第一年

时间呀，就像白色的骏马跑过间隙，你只来得及看见一道影子。那些当初写在纸上的理想，渐渐地，真的都忘记了。

成为大学新生的第一个学年，辅导老师把我们班上的人召集到系会议室，刷刷刷，每个人发了一张空白的试卷纸。

他说："来，每个人写写你对大学四年的安排，想要达到什么目标，完成什么理想。"

我转着圆珠笔，开始在那张白纸上写：我要过英语四六级，过计算机二级，我要拿奖学金，我还要评校三好。我得多参加社团活动锻炼自己，我还得和同学搞好关系。

写得差不多了，我扭头看看左边的女生，右边的男生，大致差不多，无非就是多写上了"辅修第二学位""考上研究生"，诸如此类。

等到学生们踌躇满志都写完了，辅导老师收上去，锁进柜子，冲我们笑道：

“等你们毕业的时候，咱们再对照着看看，实现了多少。”大家答应着：“好啊。”

很快，我们从搞不清楚东南西北，到摸清楚了大学的里里外外。图书馆里增加了电脑可以去上网，大学生活动中心每个周末办舞会，新建的食堂比老食堂菜要打得多，期末考试可千万别挂科。圣诞节满大街卖玫瑰，愚人节骗来骗去太好玩了。那个北大毕业的副教授讲课方言太重让人昏昏欲睡，世界杯开始了系主任的课也敢逃得只有一半的人。

拿奖学金的要请宿舍的兄弟大吃一顿，上课被点名的时候才有人帮忙代喊到。网游开始普及的时候，寝室里白天基本上没什么人。

不过，也总有同学崭露头角，和其他人拉开了距离，功课很好，能力也强，素质更佳，演讲、辩论、歌唱、舞蹈、踢球、写诗等等，各领风骚。

渐渐地，真的都忘记了，那些纸上写过的东西。

毕业终于临近了。时间呀，就像白色的骏马跑过间隙，你只来得及看见一道影子。

整个年级分为两个大班，负责我们那个大班的辅导老师，在毕业开了一个会。那些白纸发下来的时候，有人难过得想哭，有人默然，也有人无愧于心、面带微笑，估计是当年列出的都圆满完成。至于我，我大概完成了七成，有点唏嘘，有些遗憾，也有些伤感。

那一刻，大家似乎忽然意识到，什么叫长大，长大原来是从前的自己和当下的自己，一起摆在眼前。

这时辅导老师忽然冷不丁开起玩笑来：“你们这些猴子，四年读下来，自己大概看不到，我是一点一滴看得很清楚呀，一个个终于变成人。”

这话真奇怪，怎么理解？

“有的女生啊，大一的时候，吃完饭嘴都不擦，嘴角还带着油光，就到办公室来找我问事情。男生呢，胡子也不刮，邋里邋遢。现在呢，女生基本上学会打扮，有了看相，男生也知道穿西装、衬衫，皮鞋擦亮，胡子刮干净，头发做个造型。大家进化了，都有了人样。”

那一刻，我们都笑了。

毕业多年后，当我回望新生第一年，思考得更多，熏陶其实是由内而外，又由表及里的，我的时髦室友跟我普及了衣服怎么搭配会帅一点，擅长写文章的我教会了同学论文怎么写才合格；从农村来的孩子电脑手机玩熟了，城市娇生惯养的习惯了容让相处……

那些列在纸上的东西，很重要，那些没有列在纸上的更重要。我们都曾是中学生，也许不一定都变成大学生。但那些更重要的东西，是每个年轻人都绕不开的必修课。

怎么从毛躁粗糙的小猴子，变成一个像样的人呢?

第四章

心是立体的房子

人的心是立体的房子，你如果没有足够的时间瞧遍每一个角落：有光的窗户、无光的暗角、那些心烦的灰尘、那些动人的温情，你就无法学会立体地对待一个人，拂去尘埃，擦亮心灵。

找工作就像跨栏跑

找工作就像跨栏跑。最关键的字眼就是“跨”，避开弱点，亮出你的优势，向对方展示你的能力、知识、特长，争取对方破格的机会。

1

小黄是专科生，大学就盯紧深圳的一本杂志。毕业前夕，看见那刊物招聘启事。要本科啊！他试着投简历过去。意料之中，连面试机会都没有，回复简单而客气，将他拒之门外。以他在名刊物发表那么多文章的经历，不甘心。

他直接冲到深圳，三言两语骗过门卫，抱着文件穿行于格子间，大家都以为他是办公人员。他找到主编办公室，轻轻敲门——直接见到了主编。老总目瞪口呆，怎么人直接过来了？其实老总早就认真看过了他的简历，只因为是专科的……

“您好。我没有本科学历，但是我的经验绝对不差，文笔也很好。对比其他人，如果我获得了机会，我会更加珍惜来之不易的工作机会，稳定性更强……”

老总佩服小黄的自荐能力，当场面试。一小时后，从办公室出来，小黄笑了。从现在开始，他就进入了试用的三个月。

在一群学历比他高的同事里，小黄暗自庆幸。没有本科学历，在这个外来人才蜂拥的城市，在这个算名牌的杂志社，他成功闯过了第一关，没有在硬件栏杆上被卡下来。

三个月后，小黄如愿得到了正式工作。

2

“你没有工作经验。”主管招聘的人对张力迟坚定不移地说。他也知道自己缺乏的是从业经验，但是，自己真的很合适这家公司。

连面试的机会都没能得到，难道就这样放弃？不如直接闯关找公司的老板谈谈。可电话打到公司总机，前台小姐无论如何不肯把电话接进去。

他又问老板办公室的地址，前台小姐还是不告诉：“这个保密。”

张力迟灵机一动。还有网络啊，还有电子邮件啊。他赶紧去上网，果然，这样一家大公司的老总，网络上到处都是他的介绍和资料。

当然也包括他的年纪和生平。而这家公司有自己的网站。张力迟查到了后缀，输入老总的名字拼音、名字拼音加年纪、名字拼音缩写，并且写了一封长长的电子邮件。

邮件的正文是他对该公司的详细的了解与构思：一篇有条理、思路清晰、并且严谨的工作计划。

两天后，小张收到了回信。是老板的亲笔信，欢迎小张这样的人才加入公司的团队。

3

薛禾被拒绝了20次。每每拒绝，都是无法接受的理由——你是女生。眼睁睁看着男生轻松取得职位，她就愤愤不平。

这次她在简历上轻轻删除了两个字。保留厚实的实践经验，优秀的作品复印件，还有各类证明资料。一星期后，薛禾的手机响了。

“请问是薛禾先生吗？”是很成熟的声音。

“你好，我就是薛禾。”

电话那边一愣：“是女生啊？”

没错，在性别项目她少写了两个字。而公司居然真的忽略了。这不，打电话的就是人事经理。他完全没注意到，这样优秀的薛禾居然是女生。

“薛小姐，你的条件老总很满意。可不好意思啊，这个职位只要男生的……”

薛禾怎能放过机会，她正面和性别歧视交战：“我的简历作品使你们分不出男女，这就证明我不比男生差。而我更加有女生的优势，像细致、认真等等。”

是啊，为什么要放弃这样的人才呢？人事部和总经理商量之后，给了薛禾机会，同时也修正了公司招聘计划。

后来，她微笑自信地在办公室忙碌时，对后来的毕业女生说，真的，女生一样能干啊。大家公平竞争，不必避重就轻。

第一个故事里的年轻人，策略是直接“闯关”与高层对话。让对方了解到你的优势，把你的能力展示出来。

第二个人的策略是了解对方公司的一切，找出适合自己发展的空间，但凡能够直接沟通的办法，不妨大胆尝试，具体如写自荐信、送贺卡、发电子邮件等。

第三个女孩，则用了一点点狡猾的策略。反正是没有机会，不如直面而上。隐藏你的性别，发挥你的能力。事实胜于雄辩：女生一样能做好，还能够更好，为什么不要你？

还没上台一个大棒就挥舞过来。你，这不合条件，那不合标准。这是硬件条件。真的有那么硬吗？其实未必。这个时候不要望而却步。

说职场势利残酷，那是天真幼稚病，找工作就像跨栏跑。

你看过跨栏跑吗？一个又一个硬件挡在了你的前面。如果你是一个优秀的运动员，就应该跨过去，想方设法跨过去。让你的能力展示出来，被人看见。最关键的字眼就是“跨”，避开弱点，亮出你的优势，向对方展示你的能力、知识、特长，争取对方破格的机会。

甚至你还可以破釜沉舟，大胆尖锐指出招聘的条件存在漏洞或歧视。这个时候无所谓风险不风险，最坏的结果不过是仍然没有机会，那就换一个地方去尝试。

多去星巴克

其实没有哪一种向上的生活方式是不“装”的。退到人性深处，一切让人更加文明、精致的都是“装”。

有段时间央视批星巴克在中国暴利高价，谈论成本定价和品牌店租，吵闹得一塌糊涂。不过，那是经济学的事，也就不大关心了。话说回来，去星巴克至今还是有人笑话说是“装逼”。

说来说去无非是“美国大路货，根本不高级”“也就中国一帮小资找到地儿装”。问题是一个氛围过得去、算好点的咖啡馆子，光顾馆子的人每次连带被嘲笑，凭什么呀？

有些事认真追究，完全就不是那么回事。去星巴克的官方网站看看去，这个咖啡馆说它的使命是“激发并孕育人文精神——每人，每杯，每个社区”。

星巴克的措辞挺小心的，它说的是“激发”和“孕育”，它没说它就是人文精神。人文精神是大家自己的事，它只不过搭把手而已。

怎么激发孕育呢？说得直白点就是，用的咖啡豆质量不错，让种咖啡豆的农民有钱赚，而且还不是“血汗工厂”的方式。让来喝咖啡的人有了个地方碰头聊天，放松一下、增进关系，咖啡馆的气氛和谐融洽，人们谈谈各式各样的话题，只要跟文化沾边了，可不就是人文。

“人文精神”是个很大的词，分解一下，也不过就是以人为本，崇尚文明开化，崇尚礼仪精致，尽量去关怀人的自身，对自己、对他人都文明、客气、善意。这些体现在具体的生活方式中。正因为普遍意义上这是好东西，大家才去追求。通往人文精神的道路上，有真追求的，有“装”的，都比反对抵制的好。星巴克一个卖咖啡的，这已经够尽心尽力了。

喜欢到街头苍蝇馆子呼三喝四，是很爽快、自由自在。但大多数人自己无所谓，又希望子女住在文明点的社区健康成长，而不是生活在鱼龙混杂的环境。为了孩子的教育，就是乐意高价买学区房。人吧，就是有那么点矛盾。

其实没有哪一种向上的生活方式是不“装”的。在不喜欢人文气息的人眼里，什么都是“装”。去星巴克是“装”，读书写字也是“装”，喝茶、品酒、瑜伽修行还是“装”，听交响乐、看艺术展更是“装”。退到人性深处，一切让人更加文明、精致的都是“装”。持之以恒地“装”，整个氛围就提升了。

日本国民素质全球公认。我看东野圭吾的小说《怪笑小说》，刻画得栩栩如生：电车里，大家表面上一派尊老爱幼的谦让状，肚子里各种抱怨、不满、暗骂。小说反映社会，也符合骨子里的人性。

有没有人文精神，心里怎么想不算，就是看日常的言行举止。只要你在大众规范里，做得及格，就可以了。只要不拿出来粗鲁，谁管你腹诽？

社会要进步，大家要过得好，群体生活想要舒适，就不该看见别人追求好东西时来一句“装”。精神文化这种东西，截长是补不了短的，拉平只会一起退化，沦落到更糟糕的状况。星巴克提供场地给喜欢的人“装”，是好事，愿意去消费的就去。我还希望更多的人收入提高后，多去类似的地方“装”。

破解自恋

人若心中冰雪明亮，自然就不晕了。认识他人的自恋，也能顺带认识自己。

世上的作家虽然千奇百怪，但基本上可以分为有序派和无序派，好比金庸写的那些宛如照镜的小说，华山这么一个门派里面也有气宗和剑宗。

作家总要出书，出书时有种附加物叫序。序又分自序和他序。在我看来，自序等于无序，无非是作者额外添加一点口水。

历来为他人写序，无非一个“夸”字。互夸群夸，实在夸不了太多，那就少夸几句，早早收笔。冯唐同学因为给李银河老师写了一篇天花乱坠的序，变成一个好玩的笑话。一两千字的序，九成都在说自己，直到末尾，才不得不勉励了李银河老师几句好好写小说。冯唐同学的天花乱坠，全落在自己的肩膀上，都在夸自己。旁观的人想不乐上一乐，都难。虽然，李银河老师的小说实在写得稚气，难入行家法眼。

这事不用看冯唐辩解，也不用管李银河的感受，倒是可以直接参考李碧华。

李碧华有本散文集《生命是个面纸盒》，里面有篇《独》，提到内地出版流行出合集的搞法，一大堆作家熙熙攘攘挤在一本书里，她对此极为不满，觉得很不乐意。尤其不乐意的是，还有人特意找她合著，李碧华干脆两个字表态：荒谬。紧接着李碧华进一步深入表态：“一人做事一人当，我的书，甚至从来就没有别人的序。”

之所以拿李碧华说来示范，是因为恰好冯唐自己的随笔集里面，把他认为的这一代小品文写得好的，都列出来了。冯唐的书叫《如何成为一个怪物》，在第29页最上面，名单不分先后，分别是：阿城、黄集伟、李敬泽、李碧华、王小波……冯唐。

这一拨人里，冯唐把自己和王小波、李碧华并列。众所周知李银河是王小波的老婆。现在冯唐给李银河写序了，也变成众所周知的事。

最有趣的是，就是在《如何成为一个怪物》这本书的开头，赫然有一篇李银河给冯唐写的序。李银河老师在开头就赞美冯唐老师的文字，初读便令她受惊，因为这样美好的文字并不多见，只是在看王小波等人的文章时，有过类似的感觉。

李银河老师的这篇序言约莫千字，共分四段，最长的一段文字，是在谈她不同意冯唐对王小波文字的评价，因为冯唐说王小波的文笔还有不足，需要练字。你看，李银河老师还是厚道识趣的，为心爱的已逝丈夫辩解之外，还有一半是直接赞美冯唐的文字多么杰出。

现在，你有没有看娱乐圈明星的情史轨迹图的感觉？如果有，恭喜你，你彻底被搞晕了。还是让我们一起回到开头，序是什么？本质上就是用来夸人的。

作家，本质上也只有两种。一种是李碧华这种，几十年网络上都找不到几张她的照片。一种是冯唐这种，几十个字，也要绕弯子绕到自己身上的。

现在，请你猜猜看，该褒贬谁，又该扬抑谁呢？

如果你开始猜了，那你还是云雾缭绕，晕在山中了。

不必猜，因为这两种人，用心理学的角度去看，本质上是一致的，都是极端自恋。自恋到极点，所以我的书就是我的书，好比禁脔和卧榻，绝对不许他人染指分毫，别说与人同在一本合集了。放别人的序？谈都别谈。还是因为自恋到极点，所以给别人的书写序，也会拼命扯到自己，极尽自恋之本事，普天之下莫非王土，我的国度我做主。

同样自恋上天的，还有个读书看报难免常见的老朋友：李敖。有必要再重温下他那句经典广告词："五十年来和五百年内，中国人写白话文的前三名是李敖、李敖、李敖。"跟在李敖屁股后面依葫芦画瓢的人也不少，比如韩寒同学，随随便便来一句"巴金、冰心、茅盾、老舍、文笔都很差"，殿堂大师不过尔尔，言外之意也就众所周知了，简直闪瞎群众的狗眼呀。

于是乎，话题又要回到冯唐身上。不管韩寒同学有没有代笔，冯唐都认为，文学是有一条金线的，"韩寒"的文字，在金线之下。

我这么梳理一番，闲来寻章摘句广泛对照。希望读到此文的你，得以解惑，心中冰雪明亮，自然就不晕了。认识他人的自恋，也能顺带认识自己。

生命的野性

我们读书、识字、做人，在遵守社会规则的前提下，也要留一丝“野性”。因这一丝“野性”，人类才不断前进，成为万物之灵。

有一年的高考命题是：“喂食动物，会让动物失去觅食的能力吗？”

这让我想起了自己养的猫了。家猫被人养着，天天喂食，养尊处优，不过，时不时却会找个机会溜达出去，过段时间又自己回来了。

有几次，我小心地观察，它离家出走在做什么，我发现，我的猫沿着栏杆，一路啃几口草，再顺着矮的灌木，回过头，又转悠出来，嘴巴里叼着一条壁虎、半只金龟子什么的。

你看，我平时对这只猫非常好，不止喂食，还给它很多零食：妙鲜包、鸡肉等好吃的。但它并没有失去觅食的能力。从生物进化角度看，是因为猫没有完全被人类驯化，保留了原始的野性。锋利的爪子，敏锐的听觉，悄无声息地跳跃攀爬，俨然是一头微型的老虎在巡视自己的地盘，时刻准备着抓捕猎物。

所以说，喂食动物，会不会让动物失去觅食的本事，骨子里还是看这种动物被驯化的程度。狗被驯化了一万多年，猫才五千多年。宠物狗失去了主人，离开了遮风挡雨的人类屋子和食物，很多流浪街头难以生存。猫呢，大不了变成流浪猫，角色切换比较自如。

以此观察人，也有同样的现象。长期娇生惯养的人，丢到陌生的野外环境里，免不了四处碰壁，手足无措，甚至把小命都玩完了。而经过磨炼的，凭借一股原始求生的本能，想方设法活下去，生存能力会厉害一些，生命力更加顽强。

人之外的动物，则全靠进化和天性来谋生。长期圈养，高度驯化，的确会失去野生觅食能力。虽然在不同驯化程度的动物物种身上，这种丧失程度有差别，但大体上，依赖喂食的动物，基本上自食其力的能力偏低。

好在人是高等动物，能够通过思索、学习，鼓励自己变通，从而适应环境，夹缝里求生存。人类观察其他动物，观察同类，从而更加了解自身。对待自己的幼儿，不只要喂食养活，也要从精神和体魄上培育。

现代社会仍然存在激烈的竞争，“觅食”是动物个体都要面对的生存大事。生而为人，依靠上一代抚育，接受教育，参与社会，求职工作，就是为了有一天成为成年人，独立觅食，谋取进一步的提升。

拼搏、斗争与竞争，从来都存在，只不过人类发现，用文明约束、协同合作来规范竞争，更加符合广泛长远的发展需求。

想一想人类千百万年的进化历程，一样是在野兽中打滚，依靠脑力和体力的协作，最终夺得食物链顶端的位置。

我们读书、识字、做人，在遵守社会规则的前提下，也要留一丝“野性”。这一丝“野性”，使得我们不只要觅食，还要觅得更好的食物和资源。人类才因此不断前进，成为万物之灵。

心是立体的房子

人的心是立体的房子，让我们学会立体地对待一个人，拂去尘埃，擦亮心灵。

1999 年我初入大学，有一天我趴在学校的南湖边上写诗。一个男生凑过来搭讪，把我的诗要去看了，给我夸成了一朵漂亮的花。你看，人都喜欢听好话。于是我对他好感顿生，问他是否也喜欢文学。他回答我，他喜欢英文写作。

这可真是优秀的喜好。然后他还告诉我，在高中的时候他就给 BBC 投稿，还被播送了。我对他可真是刮目相看。

我们因此成了好朋友。一转眼，时光匆忙，毕业、工作，我跟这位大学同学认识了十年。十年当中，我很多次被这个朋友搞郁闷了。

他这个人，怎么如此斤斤计较，如此小气，如此会算计利益，占别人的大小便宜。如果我们一起去给房子买电器，那么他会百般算计，如何对他最有利，然后拉别人来一起刷卡，他积累大额积分兑换奖品自己占用。诸如此类，发生无数次。

他这个人不讲卫生，房间很脏，人也比较猥琐。如果一起谈事情见面吃饭，啪，他吐出一口痰，我顿时胃口全没了。

尤其是伴随着时间的流逝，我发现当年他说的在 BBC 发表文章完全不可靠，根本就是不靠谱的吹牛。就是这样一个人，很让人讨厌不是吗？

然而……渐渐熟知对方后，我了解更多。

他在中学时代，路过家乡某个角落，看到了一名弃婴。最后他抱着孩子带回了家。于是，他的母亲出面收养了这个孩子。这是个女孩，原本会夭折，默默无闻死在人间。但是，遇到了他，他带她回家了。小女孩渐渐长大了，拥有了两个哥哥和一个母亲。哦，对了，我要补充的是，我的这个同学好友，他本身是单亲家庭，父亲很早就抛弃了他和弟弟及母亲。他的青春期其实是混混，后来立志洗心革面，考上大学。大学时他拼命兼职，食堂里的可乐纸杯子，他也会收拾拿去卖废品换。他打零工多份，自己付学费、买电脑。

他还负担老妈和全家的生活。妈妈的收入低，只够吃饭，他赚钱供弟弟上大学。那年我去北京参加《中国青年报》的笔会，他弟弟去火车站接我，我才知道他弟弟居然上的是学费高昂的北京服装学院。去年再见到他收养的小姑娘，长大了许多，活泼开朗，口齿伶俐，理想是去银行做白领。

这就是立体的人呀！

认识他十年了，学习如何与这样的同学做朋友，获益良多。

虽然他爱占便宜，待人诚恳和不诚恳五五开，找我借钱去买房，而不是建议我投资两套小户型房子。但我学习了他的理财智慧，作为一个作家我几乎毫不犹豫地跟着他的选择买房，并且惊讶地发现，地段飞快繁荣，房子升值翻倍。

而我帮他改过无数的文章，在他求职、写论文的时候。我借钱给他，我在他失恋、据说是被富家女嫌弃的时候夜里不睡觉去安慰他。出于交情，我乐意帮助他，但我永远不会学习他的汲汲钻营。我愿意善意地建议他，你已经做得足够优秀了，可以慢下来，慢一点，欣赏那些美好一点的事物。你心中的房子里堆满了物品，也该留一些空间给内心的省悟、感受，甚至来点忧伤。

你当初收养街头弃婴的柔软心肠，不该在日渐年长后，被磨砺粗糙。我甚至用我做心理学杂志得到的经验，给他分析，会不会是内心始终没有安全感，所以自己扮演了一个父亲的角色，丢失了一个男孩本有的洁净理想的情怀，过早地和光同尘。

来到这个世界上，我们难以回避与他人建立各种关系。人不该苛求他的朋友完美，正如我自身的不完美。好友如此，恋人，亲人也如此。但我们可以善意建议和提醒，我相信对方懂得分辨的。

人是立体的，人的心是立体的房子，你如果没有足够的时间瞧遍每一个角落：有光的窗户、无光的暗角、那些心烦的灰尘、那些动人的温情，你就无法学会立体地对待一个人，拂去尘埃，擦亮心灵。

孩子的快乐

为了什么而感动？为了什么而流泪？都是为了心中的希望，和沿途遇到的一点爱与关怀。这些，远比其他的东西更加重要。

研究哲学、可是写散文很受欢迎的周国平有一本书，叫作《经典的理由》。他在里面说：重读了安徒生的一些童话。和小时候不一样，现在读童话的兴奋点不在故事，甚至也不在故事背后的寓意，而是更多地感受到童话作家的心境。

他得到了一个结论：大人们不知道自己到底想要什么，相反，孩子们是知道的。

就像是圣埃克苏佩里的《小王子》："只有孩子们知道他们在寻找什么，他们会为了一个破布娃娃而不惜让时光流逝，于是布娃娃就变得十分重要，一旦有人把它们拿走，他们就哭了。"

这或者是小王子的话一直被引用的缘故。大人们不知道在忙些什么，好像只在为了占有、权利、虚荣之类莫名其妙的东西活着。孩子不同。

“孩子并不问破布娃娃值多少钱，它当然不值钱啦，可是，他们天天抱着它，和它说话，便对它有了感情，它就比一切值钱的东西更有价值了。一个人在衡量任何事物时，看重的是它们在自己生活中的意义，而不是它们能给自己带来多少实际利益，这样一种生活态度就是真性情。”

成长的最大悲哀，就是一点点偏离了你自己的方向。你越来越不知道自己想要什么。而要到手的，只是让你觉得空虚。

其实每个作家都要为自己寻找一种能够支撑起来的信念。即使写出来的文字千变万化，可是有一些共同的主题。要么是对世界的认识，要么是对命运的热爱。就好像在冬天去抱住瑟缩而绝望的人，将温暖分享与传递一样。

为了什么而感动？为了什么而流泪？都是为了心中的希望，和沿途遇到的一点爱与关怀。这些，远比其他的东西更加重要。

我想，我也因此明白了自己到底想要什么了。这个或许适合每个人：那就是赚足够养活自己的钱，去做自己爱做的事情，找一个值得自己爱和爱自己的人，每天学会一点点成长的道理，多阅读文字，尤其是童话。

问安的法则

只要我们理解了对方待人接物的模式，我们彼此就可以恪守自己内心真实的意愿。

虽然我上网一贯隐藏潜水，但有时候也会被火眼金睛的同学找到联系方式。在这里“同学”特指的是学生读者。作为作者被衣食父母当街逮到，也就势必要打起精神对待，通常以如下对白开始、进行和结束。

你好啊！

你好。

我很喜欢你的……好激动。

谢谢你的喜欢！：）

然后——

也就没有然后。因为除了作品之外，实在是在生活上缺乏有效和具体的交集，自然也没有共同话题。日子一久，就对不上号也记不住谁是谁。只有一位少女读者例外。

沿袭前面的开场白后，她开始了一种简洁有力的交流模式。

如果是早上，“早安！”

如果是晚上，“晚安！”

如果是半夜，那就是“安！”

她丝毫不罗嗦，也不多问别的事情。

开始我会礼尚往来，回答以“早安”“午安”“晚安”或单字“安”。后来就害怕麻烦，假装隐身不在线不回答。但这位少女还是发来雷打不动的问候问安。这，这叫我情何以堪?！有时候我相当愧疚，别人这么认真而持续地向你问安，怎么能够无动于衷？于是回答问好。有时候又觉得总是重复好枯燥，于是又装不在线。有时候干脆心安理得，既然是问候，我收到了看见了就好了。有时候我又意念转变，不管怎么说，读者热切问候，怎么能够那么不近人情没有回音？于是我又回答问安——

我陷入纠结的矛盾漩涡。

我遇见过成千上万的读者，仅此一位，败给了她。为此我必须给自己心理分析一下：为什么问安少女“打败”了我。

1. 我喜欢被问安吗？我是喜欢的。这意味着接收到善意和友好。

2. 我喜欢频繁长久地被问安吗?！因为持续而更加可贵，应当珍惜，我应该喜欢。

我便发现了核心所在。前者是温暖人性的需求，后者是价值观判定而后做出的行为配合，是偏道德方面的东西了。我其实懒怠——

于是我烦恼了。

我的纠结仍然是所有人都会有的纠结。从小到大，无数人，无数书本，都会告诉你应该这样做、那样做，但可能你内心却不喜欢。于是许多人言不由衷、身心分裂。

在此我发布如此声明：你的问安我都收到了，我也问安你，不过我不一定能做到全部回复。我感谢你发自自己意愿的问安，不论坚持多久。但我也会顺应我的意愿来做出回音。

只要我们理解了对方待人接物的模式，我们彼此就可以恪守自己内心真实的意愿。

第五章

越过人生的无知热血

成了有知者，绕不开痛苦。这正是真正的人生。
越过这种唯一一次的无知热血，成为大人。
请你，再勇敢一点点。

小丑鱼的老师

真正值得尊敬的，不是不幸本身，也不是苦难本身，而是那些痛恨不幸、同时坚持去化解不幸、坚持追求幸福的心灵。那才是我们的精神之中最大的财富。

很喜欢那部电影：一条活泼好动的小丑鱼尼莫，不幸被专门收藏观赏用鱼的潜水人士捕捉。它被卖入悉尼一间牙科诊所中，成为鱼缸中众多观赏鱼的一分子。尼莫的鱼鳍受过伤，所以发育不完整，是一条残疾的小丑鱼。吉哥是水箱里的老大，一条很早就被捉来水族箱里饲养的一条神仙鱼。

第一天被困在水箱时，尼莫被飞速涌动的水流吸进管道。尼莫无比恐慌，大叫："我不行，我的鳍受过伤……"

吉哥万分坚定："你行，你行的。"它没有简单地把尼莫救出来，而是开始鼓励。

小丑大叫："我不行……"

吉哥沉默着，转过身体，向屈服了的尼莫，展示身上一道道的裂痕。尼莫被震撼了。一次次出逃，为了曾经自由的大海，一次次失败，伤痕累累。我以为那条资历雄厚的鱼会张口吐出富有哲理的话：我感谢苦难，感谢不幸，那是我最大的财富，没有经过那些不幸，我肯定不会成功。虽然它还没成功。

但是吉哥说："孩子，你行。"它的眼神里是无尽的鼓励，对被困的痛恨，还有对自由的向往。

尼莫被这鼓励震动了，鼓起力气，猛然一挣扎，它一下子冲出来了。它兴奋地大叫大嚷，那是它第一次自己打败了困难和障碍，不靠任何人，只依靠自己的努力。

吉哥简直是小尼莫的精神导师，这是一部卡通电影的一个小细节。这部叫作《海底总动员》的卡通电影传遍世界，那应该是电影里面最为闪光的地方。

吉哥算得上世界上伟大的老师之一了。因为它告诉一个小小的生命，不幸是可恶的，是不值得歌颂的。但在同时，我们应该去化解它，去追求我们的幸福。它还告诉小鱼，你行，你一定行。它鼓励小鱼自己克服困难，而不是向他人要求廉价随便的帮助。

真正值得尊敬的，不是不幸本身，也不是苦难本身，而是那些痛恨不幸、同时坚持去化解不幸、坚持追求幸福的心灵。那才是我们的精神之中最大的财富。

多选题

这个世界上的绝大多数事，都是多选题。同样的事情，很多个选项里，总能够找到更好的。

那天去电影院，晚上七点看《哈利·波特》。我检票进场，朝着二号放映厅走去。伸手拉门的一瞬间，我顿时蹦了一下，倒退几步，吓了一大跳。然后我才反应过来，刚才是被静电电到了。也是，干燥的冬天，电影院又铺着吸音的厚厚地毯，这些最容易产生静电，想想也情有可原。

与此同时，一个年轻男生跑过来，问我不要紧吧！他是电影院的工作人员，看起来二十左右。这个男生安慰我说，没办法，我们自己也被电，我每天都被电了好多次。

我笑了，被他逗乐了。我说是吗？他要来给我开门，不过我已经拉长自己的袖子，隔着金属扶手，拉开门进去。

看完电影出来后，我还在琢磨这事。

天天被电，怎么就没想点办法解决呢？可以包一条布带，防接触触电。也可以打印一张字条，提醒观众们注意扶手，小心静电。或者至少，可以反映给上头，让上头找技术人员处理去。

显然这些办法都没诞生，所以我在这个夜晚触电了。并且，照我看来，这个男生跟他的同事，还得触电好多次。所以，像我这样意外被电的观众，还会前仆后继。

我决定下次去那家电影院的时候，告诉他们我这个意见。

然而，在想这些问题的时候，我一点也没有批评那个年轻男生的意思。在回家的计程车上，我反倒笑了。触电事小，成长事大。很多人、很多事，跟那个年轻男孩没什么两样，遇到事情一根筋，硬生生就这么扛了。但这个世界上的绝大多数事，都是多选题。同样的事情，你要是多一个选项，就好说话了。

当年我工作的公司里，有个美术设计的女孩，她做的印刷品，搞错了一个广告数字，造了公司的损失。没办法，只有认罚。但数额不小，她的工资也没多少，这事认真处罚下来，她就要卷铺盖走人，还要赔一笔钱。她在办公室哭得稀里哗啦后，被我那老总板着脸教训了许久。其他同事都准备跟她说再见。

最坏的结果，就是她举债赔偿走人。但一个年轻女孩，一下子搞得声名狼藉麻烦无穷。而公司呢，其实也损失了声誉，走了个专业人士，还得重新招聘。

那女孩当时边哭边说：“就没有不赶我走的办法吗？”

怎么没有？！有的。最后的处理办法是，部门的人开了个小会，决定不赶她走，继续留着干，每个月工资的一半拿来抵偿损失。多一种处理方式可选，这事看上去就没那么糟糕不幸了。谁能不犯错呢！每个月都扣钱抵偿，再迟钝的人也要高度警惕了。至少人保住了工作。以后的工作，自己加倍小心谨慎，按程序反复检查。

如果能够提供更多的选项，就会越有利于解决问题，有利于做事，有利于维护个人利益。

再回到开头那个触电的事。

你还有没有更多解决的办法？还有，派发防静电的手套给工作人员，代为拉门。或者干脆把进放映厅的门卡住，过了这个季节再关上。

要把这种习惯养成，就像条件反射一样，还有吗？有别的办法吗？

很多个选项里，总能够找到更好的。

我曾骑在单车上

很多事情根本不是没那个能力，而是选择性地记住了失败的痛苦，时间一长，记忆淡化，就更加否定了自己。

我做事的地方与居住地，距离很远。每一次大早，我赶着时间，在公交车定点上下，还必须步行两公里，慢腾腾穿越一条车流量极大的路口，心惊胆战地抵达目的地。路上的车辆川流不息，稍有迟顿，就挤成一团。显然这个时候，单车就发挥着优势，灵活迅速穿过。

我大约是十岁或十一岁时学单车。我记得很清楚，上车才不久，就撞到一根电线杆子，来了一次面对面最亲密的接触。一阵昏黑迷糊后，额头上那股子轰隆的疼痛，水一样大面积泼下来，刻骨又铭心。从此我再不碰单车。

在中国人人网的同学录，我遇到了旧日的同学，她还曾是我的邻居。从前我们彼此时常一起玩耍，交情不错。我将她加为聊天的对象。久别后重新连上线，大大小小的芝麻绿豆都回忆起来。我感叹又抱怨，自己到现在还不会单车，没公交车就只好虐待自己的两只“人肉轮子”。那边发来一个惊讶的表情符号：“不是的吧，我明明记得你很会骑单车的啊！”她说她记得很清楚，那天，我骑得还真不赖，又快又稳，连她叫了我的名字，我都没察觉，风一样远去。

我简直怀疑她在编故事。我打字道：“不是的吧，你记错了吧！怎么可能？！”“当时还有另外一个班上的女生跟我一起逛街呢！我还记得我跟旁边的人说，人瘦得猴子似的，骑车这么快，真滑稽。哈，不好意思，当时就是这样想的。”她流畅地打字回复道。

我只记得我不行，不会骑单车，怎么就不记得自己还骑得很不错？努力回忆，好像有那么一点印象。记忆怎么出现这样巨大的错误？成年后多次想重新学，心里那个念头盘踞着：我就是不会，骑不好的，算了。那恶狠狠的一撞现在还隐约生疼。结果到现在，我不得不常常虐待自己的两只可怜的脚。

忍不住翻看了心理方面的解释，我找到了答案。比如一个投资，可能赚十万，也可能赔十万，你是投，还是不投？我们更害怕亏的痛苦，所以勇敢投资的人总是少数。很多事情根本不是没那个能力，而是选择性地记住了失败的痛苦，时间一长，记忆淡化，就更加否定了自己。

如果是这样，那么，当我告诉自己不行的时候，我真的是从来就不行吗？其实不是的。不要再被不可靠的记忆给唬住，克服掉你的这个心理障碍，就能找回信心。

抓周

所有人都是个人，各不相同，各具特性。通过做一个与众不同、具有特性的个人，成为你自己，你也就完成了使命，因此也就丰富了这个世界。

在不算很久以前，也就是20世纪40年代，纽约大学有两个“斯”专家。嗯，就好像韩国人总爱“思密达”这个“思密达”那个，美国人也很爱名字里“斯”来“斯”去。他们分别是托马斯和切斯，专门和妈妈还有婴儿打交道，比如问妈妈：你们家的宝贝第一次洗澡啊，吃第一口麦片啊，是什么反应?

至于婴儿呢，他们会密切观察他们的表现。光阴飞逝，研究有了结果，有的婴儿特别活泼，喜欢新鲜玩意儿，第一次吃以前没吃过的，会一勺子都吞掉；有的不肯接受新口味，干脆全吐掉。还有的总是乐呵呵，有的却郁郁寡欢。

渐渐婴儿变成了儿童，儿童变成了少年，一个重大的发现诞生了：从出生到少年时期，这个长大成人的过程中，孩子们从小养成的气质基本不变。

你出生的时候，是什么样的孩子气，以后，基本上就是什么样的了。

然而，也会有异变，那就是——出现了一生中的重大变故：严重疾病、车祸，或父亲母亲有人去世，或恋人去世，家里巨变等等这样的事情。

如果没有这些变化，基本气质会一直到成年，到我们老掉，成为老婆婆或老大爷。

这样的孩子气，分为三种：很容易哄、态度温和的叫轻松型；老爱哭、爱生气，不好哄的叫困难型；有点糊涂，对事物领悟比较慢的，就叫慢热型。

当我看到这一节心理学历史，马上想起了——你猜我想起了什么？

“抓周”。不过我怀疑这种严重滞后的中国传统风俗，完全就不被90后小孩知道。那么就让我来发扬光大吧。抓周也就是桌子上放一大堆东西，书啊、钱啊、镜子啊、胭脂水粉啊、算盘啊，给过周岁的小朋友自己抓。抓到什么，基本上就说那个无辜的小朋友将来会变成作家、会计、老板、爱美丽的妖精或是朴素的好孩子……

很好玩吧！还不赶紧回家问你妈妈，再对照一下自己。基本上，青春期的自己和家庭没有重大变化，那么，你就是那种类型了。抓周看职业不靠谱，但可以观察出性格气质。

然后，我们怎么对待自己的“孩子气”？瑞典女诗人安娜·吕德斯泰德写道：我生来只为/而且长大只为/在世上做安娜。

她的诗集开篇，有则序言：《风在演奏来自永恒的乐句》。里面说：“所有人都是个人，各不相同，各具特性。通过做一个与众不同、具有特性的个人，成为你自己，你也就完成了使命，因此也就丰富了这个世界。这并不意味着你要在世人眼中得到承认，更不是要你成名成家，有权势和财富，而是说你要找到你自己，根据自己的条件生活。”

我妈说我小时候抓周拿的是笔，懂事，比较皮。后来很爱看书，爱写作，渐渐变得很安静了。我想我属于慢热型，我在大学修习法律，我遇见过很多职业，并且，据说未来很有“钱途”。起先我还很被诱惑，最后都拒绝了。我最终成为一个作家。作家再有钱，也比不上商人，还有超级富豪企业家。

我们都知道钱是很好很好的东西。但是，我们却也不愿意彻底为了钱，失去自我、改变自己，成为不是自己的人。即便当时被自己的欲望蒙蔽，觉得可以为了钱牺牲自我，但最终会发现，你还是渴望着做自己。

如果一生没有遇到什么外界不可抗拒的命运，造成意外重大变故而迫不得已时，我们不需要去改变自己的“孩子气类型”。

所以，也许我还会兼职做点这个，业余做点那个，但最重要的是，我一辈子都会写下去，成为作家，享受写作。这个职业太符合我的“孩子气”了。

最年轻的岁月

最年轻的岁月里，我们都可以做自己爱做的事情。它们值得我们收藏到记忆的仓库里，值得我们在家人陪伴下，被记在心里。

常常回忆起这个故事。

被国人视为正直和廉洁的象征、古罗马的政治家大加图，在80岁时开始钻研希腊语，这使他周围的人大为不解。他们问他；“耄耋之年，怎么还学习这么难学的希腊语？”

大加图回答说，因为啊，这是他所剩下的最年轻的岁月。

世人当时完全无法理解。一个老了，快要接近生命终点的人，怎么是最年轻的岁月？仔细一想，很有道理。在他剩余的生命当中，这的确是最年轻的了。

这多少叫我想起了另外的一个说法：面对着半杯水，从不同的回答里，有两种人生的观念。有的人说，啊，只有半杯水，多么悲哀。有的人说，哈，还有半杯水呢！

这个故事的版本还有逐渐腐烂的葡萄、沙漠里的水等等，但这都比不上大加图的豁达。因为他面对的是死亡的阴影，仍然坚持追求单纯的知识，并且从里面发觉快乐和积极的态度。明明是没有几年的迟暮了，却要说是最年轻的岁月。

最近我还看到一条新闻。有个 90 岁的美国老太太，仍然选择了旅行，和家人一起在路上前行。他们去了拉什莫尔山，还逛了黄石国家公园，经过了落基山脉，参加附近的小镇游行。在有限的时间里，她玩了各种项目，去坐热气球、逛游乐场，还去收集贝壳。最可爱的一幕是，她跟白发苍苍的儿子一人抓起一只小龙虾，用龙虾碰爪。

也许我们都有必要学习，生命本身自有尊严。这绝对不是自欺欺人，而是对自然不可抗拒之规律的尊重，同时也不放弃作为一个人所有的尊严。

最年轻的岁月里，我们都可以做自己爱做的事情。它们值得我们收藏到记忆的仓库里，值得我们在家人陪伴下，被记在心里。

答案是如何诞生的

最高明的学习，也就是对整个探索过程的用心掌握，全心观察答案是如何诞生的。

很多年前，18 岁的希尔伯特到家乡的哥尼斯堡大学学习。他不顾当法官的父亲希望他学习法律的愿望，进了哲学系学习数学。

第二学期希尔伯特转到了海德堡大学。那是当时德国所有大学中最讨人喜欢和最富浪漫色彩的学校。

希尔伯特在海德堡大学，选听了拉撒路·富克斯的课。

富克斯是一个数学名家，课前他常常不怎么做准备，对要讲的内容，在课堂上现场思考，现场推理。于是常常发生这样的情形，某个问题在黑板上推不下去了，这时他就再想另外一种方法，有时一连要换好几种方法，但他最后总能推导出结果来。

没有哪个老师，敢于冒着损失权威和信任的可能“铤而走险”，但富克斯就是这样，习惯于在课堂上把自己置于危险的境地。

这似乎说明这个老师不怎么棒！但奇怪的是，和希尔伯特一样，有很多学生选听了他的课程。

因为这比任何道理都富于启发性的。

这种包括几经碰壁终于找到解法的探索过程，在教科书上无论如何是看不到的。学生亲眼看到，在一个数学大师身上的三种品质：不给自己敷衍的机会，用不同的方法来尝试，以及坚持到最后一定要解决问题。

这就是希尔伯特为什么要选听富克斯的原因。他抓住了一个机会，瞧一瞧最高超的数学思维的演习过程。

听过课的学生，后来名家辈出。

希尔伯特的成就尤其卓越，只要提到他的一个成就，我们就知道他的卓越——引导 20 世纪数学发展方向的“希尔伯特问题”，其中之一便是哥德巴赫猜想。

让我们反过来想，是不是明白了什么才是真正的学习？

最高明的学习，也就是对整个探索过程的用心掌握，全心观察答案是如何诞生的。

我不想回到过去

越过人生中唯一一次的无知热血，准备进入真正的世界，成为大人。

请你，再勇敢一点点。

有段时间我超级怀念高二年级至高三年级的青春期。

为什么怀念？因为我觉得那个阶段的我，埋头苦读，心无旁骛，脑袋里虽然装了不少的闲杂读物，但两个大大的核心关键词，占了最大篇幅：高考！大学！

那个时候我骨瘦如柴，走路是轻飘飘的，但目光坚定，表情呆板，行为励志，每学期拿奖学金可不是瞎吹，尽管中学奖学金只有几十块钱。我的内心有一种饱满的无所畏惧的向前念头：向前，向前。同学之间只有一句话：拼了，这回咱们拼了。

这种感觉使我觉得仿佛沐浴了一次春日温泉，元气能量小宇宙全爆发。以致多年后，回忆起来，我都要感动了，被自己，也被那一时刻的青春感动。

然而——

事情总要深刻地去看，因为我是大人了。

当我被自己都感动的时候，我开始疑心和警惕。

就如多数人所知，大学不是虚构的美好乌托邦。大学更像是练兵工厂，上战场之前的预习。评优、奖学金、职业证书、同居、租房、找工作……每一样都让人领教厉害。

但是，世藏着几百万图书的大图书馆、充斥无数名家牛人的讲座、客厅的辩论探讨、野营郊游、游园会和社团，也有不少美好记忆啊！然后毕业了。就这样，我经过了历练，被抛入浪潮河流，与无数人同台竞争。

如果我当时准确知道未来的每一步道路，我一定没有那么无畏。

因为我根本就不知道在未来，还有那么多事物赐予我美好的滋味，同时还赐予我残酷悲伤的滋味。

我那时的无畏向前，只不过是因为无知。我不知道人生其实必经反复的重新评估，重新拟定，甚至推翻重来。

我更加不知道：一生之中，一个孩子成长为大人，原来要面对那么多选择。跳不跳槽，去这个单位还是那个公司？作品签不签约，会被糟蹋还是被用心善待？爱还是不爱，这个人是好是坏？买不买房，这个还是那个？会上当受骗吗？

是的，我变成了犹豫不决的人，常常无法一头冲上去勇猛向前，向前。

因为我在岁月中学习太多，获知太多，我知道后果，我还知道后果长什么模样。

事情的后果，再也不是那个中学生的我脑海里模模糊糊的想象了。后果不是简单的励志关键词，不是乌托邦，后果是活生生的切身切肤之痛，是如蚁噬的悔恨，是压迫住每个毛孔的悲伤，是承担代价的失眠压力，是头破血流，是左右为难，是不舍但必须放手，是日渐清晰明朗的真相——人生哀乐不均，甜美短暂、欢愉有时，一定要抓紧。

呵，原来每当我怀念，便是我遇到艰难选择时。我才不是想回到过去，我只是希望从过往的记忆经验中借一点东西。

如今的我已经觉悟。那点勇气借不到，也借不来，不在过去，不在未来。

成为有知者，绕不开痛苦。这正是真正的人生。少年的我，由我来批判。保留什么，舍弃什么，我要知其然，更知其所以然。往后的每个当下，我了解，我自己选，我自己承担。

越过这种唯一一次的无知热血，准备进入真正的世界。

幻觉退去，你就要开始真正的人生，成为大人。

请你，再勇敢一点点。

球队不相信特殊

永远不要向一个不适合特殊的场合要求特殊。在需要团结的场合，搞特殊就是孤立自己。

美国明星球员罗德·基思，曾经成为许多球队的挖角对象。但他开出的条件除了2000多万美金的年薪外，还要求球队给予他各种特别的待遇，包括在训练场有自己专属的棚子，供他自由使用的私人飞机。

原本对他有兴趣的纽约大都会队，听到这些之后决定打退堂鼓。

因为球队觉得，如果他们答应罗德·基思的所有条件，几乎是允许他独立于球队之外，自成一格，对球队的影响是弊多于利。

他们需要的是由25个球员组成的团队，而不是24个球员加上1个特殊球员。结果可想而知，罗德·基思只好另做打算了。

这个小小的故事，表达的道理其实特别浅显，却又最容易被我们忽视，在我们任何人得意扬扬的时候。那就是，永远不要向一个不适合特殊的场合要求特殊。在需要团结的场合，搞特殊就是孤立自己。特立独行，应该在需要个性的地方去发挥。

掌声响给所有人

尊重别人的工作，为所有努力的人鼓掌，是最温暖的美德。

和一个出国回来的朋友见面，他离开有好些年了。回来看着改变的家乡，他啧啧感叹。我请他去看本地特色的话剧节目。

演出是晚上 8 点开始，我事前买好各种食物。

表演是大杂烩，分几拨演员。不同组的演员，节目也不同。有的很逗乐好玩，有的差强人意，不怎么精彩。

我跟他一边聊天一边看。我说群众的眼睛是雪亮的，你看，精彩的节目掌声如雷，比较精彩的也很热烈，不精彩的，都没人鼓掌。听掌声，演员们就知道自己表演的怎么样了。

朋友却很奇怪，明明第三次登场的剧目不怎么好看，他仍然热烈地鼓掌。演员们似乎自己也知道，迅速表演完就退场。在剧场稀疏的安慰性质的掌声里，他的鼓掌声音最大。

我开玩笑："你不会是出国久了，审美观念都和我们不一样了吧！"

他笑了，然后说："怎么会，我这里是地道的中国心呢！"他指了指胸口。

我困惑地问："那你还那么使劲，那么热情地为烂节目鼓掌？"

他解释道："我在国外生活的时间里，也看过不少的表演。也是一样，有的很棒，有的很烂。最初我发现之后很奇怪：水平差距不同的演出，结束的时候，观众所报以的掌声居然同样的热烈。后来我问身边的一个观众，原来，不管表演如何，他们都会为努力的人鼓掌。"

我好奇心被提起来，饶有兴趣地问："那是为什么呢？"

"为了礼貌啊！尊重别人的工作。"

但他抖出包袱："只有一个小小的区别，那就是，真正精彩的演出啊，观众往往是站起来鼓掌的。"

我对他肃然起敬。

不管表演如何，他们都会为努力的人鼓掌。

大海的警告

凡事都有规则。破坏规则，除开那些英雄，大部分平凡人，都会受到惩罚。

而你我，大都只是平凡人。

2004年，东南亚发生了史上最大的海啸灾难。

在这场灾难里，一个10岁的英国小女孩缇丽，却救了上百人的性命。

后来，她回忆说：“当时我在海滩上玩耍，忽然看到水开始变得古怪，出现了许多泡沫。”于是，她回想起学校里老师讲的海啸来临前的征兆。她马上告诉了妈妈，人们跟随母女俩疏散了。

我因此想到少年时代的一件事情。在我家门口不远处，有个电工独自修理电线。他没有穿着标准的工作服，只是一身便装就爬上了电线杆。忽然间，他被击中了，只是一会儿工夫，他全身发黑，从电线杆上掉了下来。

操作手册上明文规定，修理电线，应该至少两个人进行，并且要穿着工作服，而他执意一个人行动，于是电给了他应有的惩罚。

凡事都有规则。破坏规则，除开那些英雄，大部分平凡人，都会受到惩罚。在海边生活，就要听循海的规则；与电为伍，就要遵守电的警告。缇丽只是一个那么小的小朋友，她却能够按照规则行事而幸免于难，那些被海水吞没的人呢？他们当中，有多少是明知规则却又忽略规则的人？

这是一个教训，更是一个启示。

第六章

地球只有一个我

即便地球在宇宙里只是恒河一沙，
但地球只有一个我，宇宙也只有一个我，
必须爱护这唯一的有时限的存在。

最高的快乐

那些诞生了就是为了我们可以自得其乐、纯属好玩的事情，有本来的意义，本有的面目。慢慢来，感受最纯粹的快乐。

我家对面的楼房里，有一户总在夏日传出练琴的声音。那钢琴曲，弹得像玩跳房子游戏的孩子，东一个音符，西一个小节，断断续续极不成调，旋律一会儿重复，一会儿卡壳。这几年来，很多次我在午后、在黄昏，被这不流畅的练习曲吸引了注意力，在心里忍不住发出感叹：啊，弹得好差哦。

虽然觉得这乐声在忙事的时候很接近声了，但这种乐器本身音色漂亮，只要不是暴烈地弹奏，还算可以接受。就这样，一年一年地过去，这年初夏，我突然听到了一首完整的曲子了，并且，还是巴赫的《小步舞曲》。

那一刻，我静静地侧耳听完，听得入神。良久，才想起来，我似乎忽略了什么。

由始至终，没有听见教训，也没有听见责骂，更没有听见狂飙的琴键齐鸣。

这意味着什么呀？这意味着，坐在那一架钢琴前的人，一直是很自由闲散地在做这件事情。

是在练习，但并非苦练。如果苦练，那所有邻居的耳朵都有罪受了。

手指按在黑白色琴键上的人，是什么样的人呢？

是被赋予了父母希望，看看是否有音乐细胞的孩子？还是怀着一个钢琴家之梦的成年人，买了一架钢琴安置在家中，有空就练习一下？

无论是谁，我都觉得，这个人弹出了世界上最动听的《小步舞曲》。因为她或他回到了一件事情所应该有的本质上。

乐曲初生，如此象征性的事物，无色、无味、无形，寄托了人的情感、节奏……满足最本质的宣泄需求。

有些事物被创造出来，变成了专业，变成了竞技，变成了比赛，都是让人忍不住想嘴角一撇的。如果需要依靠这项技能去食饭谋职，那必须专业，作家、画家、音乐家都在劫难逃。

而在此之外，不用这样本领谋生，最好还是当成把玩和游戏算了，而且不用赶时间，慢慢来，就像所有的孩子都需要大人慢慢陪着长大。

在自然而然的时间之中，练习曲娴熟了，优美了。不过那只是一个合乎顺序的结果而已，有当然挺好，没有也挺好，当事人乐在其中，也没妨碍到旁人。

然后呢，我居然想起了另外一个人。在我遥远的家乡小城，在小城的某个村落，有个会剪纸的婆婆。她的剪纸，特别美。她从小看见长辈们的剪纸，花和鸟，动物，植物……于是她开始模仿，兴趣盎然的，有空就琢磨。她从少女时代剪起，过了很多很多年，直到少女变成了婆婆，她的技艺变得出神入化。

她压根没想过半个世纪后，会被到民间采风的美院教授发现，会被收入中国民间美术史的记载中——被收入又有什么了不起的，就算没有被发现，没有被收入，她的剪纸仍然是最好的，有最高的快乐含量。

那些诞生了就是为了我们可以自得其乐、纯属好玩的事情，有本来的意义，本有的面目。虽然在现实层面上，因为各种缘故，这些事物渐渐就走形了。

我亦深知人生不容易，但至少你我要省悟到这一点：这种走形，并不是天经地义无可厚非的。那些一路走着走着、被忘却了本来面目的事物，如有机会，你就把它们打回原形吧。

当我在跑步时

有限的生命，去做有限的努力。你自己的点滴进化，是你在这个世界上最感幸福的事。

念大学时，我最害怕的是体育课。两节课折腾下来，大部分男生都半死不活。当年的体育课是分门类考核的，二十多个门类都及格了，最后才算过关。

踢毽子、打拳、游泳、投篮、跳远我都不怕，双肩倒立倒数第二难，也勉强及格了。

最恐怖的，是长跑。巨大的运动场，漫长的跑道，枯燥的双脚交替向前迈步。我跑了倒数第二名。三千米跑到最后，我瘫倒在地上，那一刻真的是几乎灵魂出窍，大脑、四肢都不属于自己了。

然而，十年后，我重新开始跑步了。

我从五百米，到一千米，再到一千五百米，两千米……最初痛得浑身像是被一群人狂揍过。我坚持下来了，半个月、一个月后，渐渐跑起来没那么吃力，没有去跑反而难受了。

一个人，换上那双越跑越旧的百事运动鞋，穿上运动裤，随便套一件外套，沿着住宅区的主干道，跑起来。起初我心无旁骛地跑，渐渐地很多事物清晰进入我的视野。

风鼓吹着我的耳朵，我跑过了草坪，跑过了木桥，跑过了池塘，跑过了开车的大叔、阿姨，跑过了抚摸着肚子的孕妇，跑过了蹒跚学步的小朋友，也跑过了拎着菜篮的老人家，我跑过了冬天的雨雪，跑过了开春的樱花树，我跟偶遇的大白猫打了招呼，我也跟小可爱的贵宾犬目光交错……

我曾经那么痛恨跑步，而今我如此热爱跑步。

在风里，我的心对同一件事物完全转变了态度。我为什么要跑步？是因为我想瘦一点，我更想改变一点自己，不要那么宅，不要那么一动不动躺一天，看清晨变日暮。并且写作本身需要脑力更需要体力，尤其是写长篇小说的时候。村上春树坚持多年长跑就有这个目的。

然后我的友人说被我惊到了，我的样子变化了。他说，大概我这次，是发自内心地要做到一件事。他说的没错。人生里很多事是无法掌控的，年岁愈增，越知道生命的有限性。有限性就在那里，无法消弭，但辨明了局限性，也就找到了自己的疆域。降低妄想，坦然面对幻想，建立真实可行的理想，然后，去做就是了。

作家麦家说过："我认定了一个状态：日常对人的折磨与扶植，水滴石穿，持之以恒。人的意志正是在生老病死中被消磨掉的，打破这层藩篱需要付出极高的代价，这样的代价有时跨越了生命。正所谓：沉舟侧畔千帆过，病树前头万木春。我们的人生不止有当下感，还要有永恒之念，为此我们必须站在生存之外思考生存。”

然而，我还是觉得，所谓永恒之念，是一种假想的存在。类似于麦兜的祖宗麦子仲肥的那只千年钟，响不响，被不被听见，全凭机缘。持永恒之念，那不过是一种价值观上的自我选择。

永恒是不存在的。人类、人生的意义远远小于自然历史，自然史又小于短暂世界存在的时间。自身、家国、人类，小小星球的灭亡，都会被永恒地消解掉存在的意义。

我们能有的是“有限之念”。有限的生命，去做有限的努力。你自己的点滴进化，是你在这个世界上最感幸福的事。愿你我共勉，如鲁迅所说，“纯洁聪明勇猛向上”。

地球只有一个我

即便地球在宇宙里连恒河一沙都不到，但地球只有一个我，宇宙也只有一个我，必须爱护这唯一的有时限的存在。

有一种宇宙观是许多人常常使用到的心灵药水。

人生失意，诸般失落，因此去攀登高峰，比如珠穆朗玛；因此仰观天文，看看星空。

就说看星空吧！在宇宙中大约有十亿个星系。银河系大约由4500多亿颗恒星、星云等星际物质和各种射线组成。太阳在银河系中只是一个中等恒星，而地球，只是太阳管辖的一颗小小的行星。

宇宙多么浩瀚，星空多么辽阔，世界太过广大，因此，个人的一点点烦恼又算什么呢！因此，人会感觉到内心平静。

但是，很快，真的是没有多久，当你返回到喧嚣城市里，返回到复杂的人际关系里，返回到膨胀欲望的追求里，你就继续重复开始痛苦。

因为你离开了那个“对比”的环境。

原先觉得大的宇宙，顿时消失不见，被忽略，被遗忘在脑后。

比较之下非常狭小的个人烦恼，顿时扩大，被放大镜照了又照，烦恼、痛苦卷土重来。嗯，看来最好再计划一次对比旅行或对比观看。

这种宇宙观，不是不奏效，只是，好像总透露着治标不治本的味道。

而另一种宇宙观便是：地球只有一个我。

朱德庸漫画《绝对小孩》里有一章是：上课的时候，老师说，我们只有一个地球，所以我们要好好爱护它。披头想了想，举手就说，老师，地球只有一个我，所以你要好好爱护我。

只有一个我，也只有一个你，在这个蔚蓝色星球上。

所以，你、我，都是最重要的。需要彼此好好爱护，需要自己好好爱护自己。这其中的含义是：爱护身体，保持健康，被爱护心灵，被好好爱。

而爱护自己的宽广涵义，还包括：我们必须良好地完成一整段的人生。在完成的这个过程中，体验是最重要的。首先我们要好好活着，其次我们尽量不要去伤害别人。在此两个人类基本的伦理道德之外，我们应该去体验所有的快乐，去体验所有的悲伤，去体验考试失败，去体验工作落后，去体验夜半观星，去体验雨中接恋人，去体验等待放学，去体验用功投入，去体验失恋憔悴，去体验斗志高昂，去尽可能多体验那些人世间的事情。与此同时，不要被这些体验所局限，沉湎其中，要像活水那样，流淌不歇，直到永别。

在种种体验里，我们的人生获得最大意义的完满。

每一种经历，都被赋予意义。

这样的宇宙观，是不是更加贴近我们的灵魂？

这种宇宙观压根就丢开了治标和治本。

不必治标，因为痛苦是生命必要的构成部分，与快乐相互映照。

不必治本，因为我之为我，独一无二，生命只此一次。即便地球在宇宙里只是恒河一沙，但地球只有一个我，宇宙也只有一个我，必须爱护这唯一的有时限的存在。本着推己及人和人类社会互惠互利原则，因此应该彼此爱护。

我爱我自己，所以，我必须好好完成我的人生。

想象之墙

生活无处不需要智慧，来打破我们的想象之墙。

我常常想起一则广告：一个挺时髦、挺现代的男人，指着一台电视说："你以为这是电视吗？这是音响！"又指着一套音响说："你以为这是音响吗？这是电视！"

所以我每每看见一些情感或生活烦恼的时候，就产生错觉，简直是在重播那个广告嘛！

比如，有个学生跟着一位外国老教授学习。有一次，她做手术的显微镜出问题了，不得不去请教教授。但她只见教授忙着在计算机上做事，不耐烦地冲她挥手。她被赶回来，很沮丧，坐在实验室里胡思乱想，自己做错了什么，让他如此不高兴？没头绪地痛苦了一个多小时，忽然教授匆匆赶到实验室，问她："怎么啦？哪里搞不好？"她才松了一口气。后来才知道教授的计算机恰好也出了问题，丢失了上周实验的所有数据，他正在恼火呢。

你看，她以为是自己做错了事情，其实不过是别人正在恼火自己的失误。

还有一个小故事。爱脸红的男孩对心理专家说：“我是个挺内向的人，不知道怎么和女孩子说话。”

“你想对女孩说什么呢？讲一个真实的情景。”专家说。

“我们公司新来了一位前台小姐，挺活泼的，我想请她吃饭，就是说不出口。”

“为什么说不出口？怕什么？”专家问。

“怕，怕她不愿意……”男孩犹疑了一下，还是说出来。

“如果你永远不敢问，就永远不可能知道她到底愿意不愿意，对吧？好，我们假设你问了，她说：‘哦，不成，今天下了班我有事，改天吧。’你会怎么样？”

“我会很尴尬，很没有面子，心里觉得很不舒服。”

“为什么心里会这么不好受？”

“她肯定觉得我不自量力、挺讨厌的、很土气、挺……”随着加在自己头上的负面形容词越来越多，男孩的脸色变得越来越阴沉。

专家说：“你怎么能肯定她有这些想法？那是你对自己的看法吧？如果我听到她的否定回答，会想到，可能她确实有事；或者你们刚认识，她觉得吃晚饭太正式了，那你可以邀她一起吃工作午餐呀；再或者，人家有男朋友了，不便再接受你的邀请。最后，如果她真是不喜欢你，至少你有机会了解，什么样的女孩不愿意和你单独交往，这也是一种学习的收获呀。”

结果，男孩真的试着邀请那女孩吃饭，她欣然接受了。男孩了解到她的确已经有了男友，但他们成了好朋友。而他的第一位女友，就是他的这位女同事介绍的。

瞧，他以为是事实，其实那不过是他的想象，根本不符合实际情况。许多的烦恼，都来自认识的偏差。要解决，就需要心灵的智慧。

智慧像梳子一样，帮助你梳理清楚杂乱的想法，将你陷入低谷的心情拉出来，给你正确的参考标准，以及贴心的建议，来扭转你钻牛角尖的思维，还有许许多多想当然的误解。

就好像在晴朗的秋天，聪明的主妇巧妙地统筹安排，迅速地打扫完地面，洗干净衣服，修剪好花园里的花草，然后坐在阳光下的椅子上，享受一切。还给生活与心灵通透澄澈的品质，使其露出散发清新香味的一面。

生活无处不需要智慧，来打破我们的想象之墙。

点菜的学问

真希望这个世界上界线清晰的人越来越多。有界线，我们才能友好而互相不侵犯。

有段时间我特爱去自助餐厅，很多要点菜的饭局我都不参加，因为实在是太讨厌了。

怎么个讨厌法呢?

比如，隔壁这位点了一道蟹黄豆腐，隔壁的隔壁惊声高叫：“脂肪高啊，胆固醇高啊！蟹黄都不是真蟹黄都是咸蛋黄啊！”

而隔壁的隔壁的隔壁点了一道麻辣鸡丝，隔壁的隔壁的隔壁的隔壁，就哭丧着脸嘀咕抱怨：“那么辣！吃了上火喉咙痛，我不能吃辣。”

哦哦，那吃什么？这个那个的换来换去，站在餐桌旁边的服务员强忍着怒火伪装热情的微笑，其实不知道咬牙切齿多少次了。

就这么折腾来折腾去，大半个小时过去了。这些就叫作分不清楚界线。

别人点别人的，是发自别人的需求，你点你的，是发自你的需求。为什么会分不清楚界线，因为心智的深处停留在幼儿时代。人的幼儿时代最受呵护，所以呢，家里的一切都围绕着幼儿转，看不到别人的需求存在。

所以呀，孔子这位古老的哲学家很爱说“己所不欲，勿施于人”。这就是典型的孩子气的话，傻乎乎的，心智不成熟、没长大的表现。“己所不欲”吗？你不愿意吃苦瓜，但有的人却爱吃苦瓜，你不让他吃苦瓜，他觉得你神经病莫名其妙。一个苦瓜的案例就足够从逻辑上捏扁这些格言。其实这也很正常，历史早期文明初定，很多经验刚刚总结，没有经过逻辑三段论的考验。后世经验足够丰富，思维“周延”（逻辑学名词）了，也就渐渐会符合逻辑地思考了。

真正的人际关系有界限，心理独立个体化。比如“甲之蜜糖，乙之砒霜”。正是因为认识到人和人不同，各自的需求也不同，才找得到那条彼此相处但区分开的界线。

近年来，我又恢复了一些饭局参与。跟朋友们见面聚餐，为求热闹。不过我倒是学乖了，只跟那些相对成熟一点的人吃饭。因为有共识，一人点一个自己爱吃的菜，别管别人点什么，反正AA制。

总算兼顾了说话交流、情感沟通和吃饭口味。

你喜欢什么是你的事，我们未必就是水火不容形同天敌，但做朋友归做朋友，我绝不会因为你的喜好而放弃我自己的喜好。

那些让孩子执行自己意愿的父母，同样也是分不清楚人与人的界线在哪儿。他们把自己跟孩子精神一体化。这种父母也是因为成长过程出现了障碍，没能获得完整的独立自我，他们身上一定有着类似爷爷奶奶外公外婆的一面。

谢霆锋小时候老是被父母带去中环置地广场拍全家福。有次谢霆锋忽然问自己：如果你想让我拍照笑，给一个原因。现场很多记者等着，他还是板着脸。他妈狄波拉发怒，一个巴掌接一个巴掌抽他，他就是不笑。后来他听见妈妈跟爸爸说：“小孩真长大了，有自己的态度了，也是，为什么要笑？”

谢霆锋这个服从了自己的小孩，过的才是真正的人生。

他走运的是，他妈会反思，会自省。也就是说谢霆锋跟他妈妈一同长大了，找到了界线。

真希望这个世界上界线清晰的人越来越多。

有界线，我们才能友好而互相不侵犯。

接一个小小的电话

你如果只凭一项要求，就能够做好事情，解决问题，那便是真正的能力。

初入职场，王迁胆子特别小，见到老板简直像老鼠见了猫。

那天中午，他刚吃完单位统一订送的盒饭，一抬头，就撞见老板。老板笑容可掬地问："小王，你帮我问问快餐店还有没有盒饭？或者，你联系一下周主任，拜托他回来时给我捎带一份。"

王迁连声答应。此前，老板从来未直接给他交代什么任务。他很兴奋。

抬头看钟，已是午后1时，时间不早了。王迁迅速给快餐店打电话，真是不巧，他们准备的盒饭早已经卖完。

王迁急得满头大汗。再联系周主任，更不巧，周主任外出吃饭，手机忘在办公桌上了。

折腾半天，王迁红着脸走进老板办公室，说："抱歉，我没有联系上周主任，快餐店也没有盒饭……”

老板虽然没有说什么，王迁却很难过。事后，他不时地想起那次的尴尬。其实，王迁只要变换一下方式，比如，向其他同事多要几家快餐店的电话，或是自己到快餐店跑一趟，来回不过半个小时。只要王迁多动一点脑筋，灵活一点，问题都是可以解决的，而不至于把问题原封不动地再踢回给老板。

这件事，让王迁明白一个道理：老板给出的只是一项要求，怎么琢磨，怎么做，那就是你自己的事情。你如果只凭一项要求，就能够做好事情，解决问题，那便是真正的能力。

不久以后，王迁再次遇到相似的情形。老板打电话要找李助理，是他接的电话。他看看李助理的办公室，说：“她外出尚未回来。”此刻，一个念头闪过王迁的脑海，总不至于要老板翻电话簿联系李助理吧。

于是，王迁立即补充一句：“我马上打电话给她，请她与你联系。”

老板说：“我找她有急事，不过换别人也行。”

王迁响亮地说：“这里有小张、小李，还有我，您需要找哪一位？”

老板的声音听起来很悦耳：“就你吧。”

王迁在客户服务部工作三年，接了三年电话，他的同事们习惯说“没有”“不清楚”“不是”“时间安排不过来”，诸如此类。三年前，王迁和他们一样，现在，他已经有变化了。

有一次，王迁接到一个电话，这个客户希望公司能派出最有经验的王工，为他解决产品故障。王工恰好被派出去，还没有返回。客户是这样问的：“请问王工在吗？”

三年前的王迁习惯这样回答：“他出去了，什么时候回来还不一定。”

三年后的王迁这样回答："他出去了，请问您有什么事吗？我们这里还有几位有经验的工程师，他们是张工、郑工、程工。他们都是很优秀的。"

他还为客户一一介绍了他们的情况。

主动地为客户提供更多信息，尽可能让对方有更多选择，这就是他在接电话过程中的一个小秘诀。当然，客户会在他的劝说下，欣然选择一个工程师，而王迁也不必被动地干着急，一味傻等着王工回来。

前不久，老板找王迁谈话，问他愿不愿意担任客服部主管。王迁诧异："我一直在做客服电话的工作，没有什么特长。"

老板说："不同的人，哪怕接一个小小的电话，也会有大大的不同。就冲你接电话的方式，我相信你能领导好一个客服部。我看，你上任第一把火就从接电话培训开始吧。"

就这样，王迁成了主管。当他把那次盒饭经历跟下属分享时，发现职场上不乏接电话啦、订盒饭啦等鸡毛蒜皮的小事，可谁又敢说，这些小事不能练就一个优秀的职业人？

而王迁的那家公司，就是我工作的地方，那是一家生物健康产品企业。这家公司业务庞大，还办有国内第一家心理咨询杂志。

后来我跳槽去了其他的大公司，我邀请王迁同去。

因为我目睹了他的经历，知道他是如何成长为一个靠谱的年轻人。

第七章

生命应该浪费在美好的事物上

我们生来，首先就要确保自己独一无二的生命价值。
我们的生命应该“浪费”在美好的事物上，
更应该“浪费”在有意义的人身上。

生命应该浪费在美好的事物上

我，只想成为我自己，不想浪费。

当我们共同内心喜悦心甘情愿的时候，我们一起享受当下的时刻。当我们彼此有一方有自己的生活，那么点下头，微笑一下，各自走开。

很多年前，一个读者去拜访作家三毛。“我是你的读者，从英国来的，特别来看望你。”结果三毛虽然招待了他，却根本不是书当中的那样浪漫特别。

他有些结巴，感到委屈了，始终后悔自己的多事。这种一霎间涌上来的巨大冲击只因为三毛没有热切地迎接他，三毛原来不是想象中那样，而是表现得比较淡然。这是三毛吗？这是三毛。

他很难过，直到最后，他忽然醒悟：毕竟我是一个贸然闯入她生活中的陌生访客，对于三毛，我又能如何要求她真情流露呢。

怎样成为自己？在世界上，你为了多少无谓的人，浪费了你宝贵的生命？

我有一次去北京，参加一个全国性笔会的颁奖。一个大叔模样的人，滔滔不绝谈着国际时事。

他甚至还谈到，他和一个大领导碰面过，连大领导都很赞同他的某些学术观点。

我们其他人面面相觑，微笑不语。中午吃饭的时候，一桌人聊天，他还是继续大聊特聊。很明显，他在吹牛。混在北京的人，树叶掉下来都会砸中几个达官贵人，以至于都热衷于吹牛。

可我却厌恶这些无聊的饭局。

我吃了一会儿东西，再也坐不下去，又不好意思打断他。这个时候，我想起我看过的一位心理学家的书。

那个心理学家说，想做自己的人，看起来都有点格格不入。但是，遇到那种谈话极为空洞全是吹牛，人为什么要浪费我们宝贵的时间?

也许那个大叔，人并不坏。事实上，他还热情地冲我打招呼，给饭桌上每一个人都递名片。

于是我不声不响离开饭桌。后来，他的名片我顺手丢了。

我们一生中，会跟很多陌生的人吃饭，相互介绍，分发名片，但大部分都不会有深度的沟通和交流。

生命就浪费在这种无谓的应酬上。

而我，只想成为我自己，不想浪费。我把时间放在提高自己的技艺和能力上，积累自己的作品上。我直接就可以和靠谱的公司企业谈合作，快速地达成协议。

多出来的时间，我可以去欣赏一朵花的美丽，享受吹风的清爽，甚至逛一逛街市，感知老北京的风土人情。

我不再轻易地涉入别人的生活，因为别人不喜欢被打扰。我自己也一样，因为我也不喜欢被打扰。

当我们内心喜悦心甘情愿的时候，我们一起享受当下的时刻。当我们彼此有一方有自己的生活，那么点下头，微笑一下，各自走开。

无论何时，当你明白了这个原则之后，就不会虚度光阴，沉迷于口舌的奉承。

还有一次，我忽然接到一个电话，是我的一个作家老朋友打过来的。她说，有个外地的旅行家来武汉，想见我，约我相谈。

我问是谁？

老朋友说出名字。我完全不认识这个人。

我问我的作家老朋友认识这个旅行家吗？

她说她也不认识，是一个广播电台主持人间接找上她，让她转告的。

我当下立刻明白了。这又是那种典型的骚扰客。

我对我的老朋友说，请帮我马上拒绝，您也不必再理会这样的人。

没过多久，这个旅行家又跑到我微博发私信，指责我耍大牌，为什么不见她。我回复询问，是否有重要事情？

她说，也没什么事情，见一面不行吗？

我删除了私信，不再回复。

未经过考验的人际关系，是空乏的。我只跟认识三年以上的朋友见面，只跟认识五年以上的朋友谈心。成为这样的人，需要付出的代价是，你可能会被认为是一个自私的人，那又何妨？

我们生来，首先就要确保自己独一无二的生命价值。我们的生命应该“浪费”在美好的事物上，更应该“浪费”在有意义的人身上。

这就是全部的答案。

冬天牛栏里的牛

我们大家都朝坟墓走去，一路上却吵个不停。

还在做杂志主编的时候，有一天，我看到了一则稿件，是读者给我编辑的栏目推荐的经典话语。这句话选自作家马长山的《把话说开》，它说："我们大家都朝坟墓走去，一路上却吵个不停。"

坐在窗户边，我忽然就觉得无比忧伤：不是不明白，浮生短暂，要好好珍惜；不是不知道，应该过好每一秒钟。甚至自己在少年时候，也写过类似的文章。但是仍然在许多时候遗忘了。这是多么的无奈和荒唐。

为什么我们还要这样的争吵呢？不是不明白我们大家都朝坟墓走去，一路上为什么却吵个不停？我们难道真的要像那些已经确认了自己生命期限的人那样，才能够做到好好生活吗？很是喜欢一种情怀与境界：是中青论坛版主李方的话，大意是说，网络生活里，我们都是冬天牛栏里的牛，虽然难免磕磕绊绊，但是还应该相亲相爱，相互取暖。

其实人生路上难道不是如此？马作家与李版主，所说的比喻分别象征着人生最完美的两只脚，也是一双翅膀，带我们走出沙漠和摆脱人间地狱。

而这样的感叹，恰恰是因为我们有太多的理由争吵。这些理由很多时候显得无比有理，使我们疯狂和失去理智。有些时候我们争吵是因为误解，但很多时候，是因为你遇到了一些豺狼虎豹，哪里是争吵，简直是生死搏斗、不共戴天。那些东西的争吵往往是无形的、更加可怕的。

世界上也确实有太多不是东西的玩意儿。它们教你狡诈，教你与人争吵，甚至还教你玩弄心计，教你踩着别人的骨头往上走，都是不要你学会爱人和爱自己。甚至，有些可爱的人和值得尊敬的人，说一千万遍的真理，不如那些看上去非常美的招数有说服力。它们在任何时候都显得智慧无比，而且得意，因为它们确实非常强势。但我生平仍然最为痛恨那些东西和人。这个世界和我们的生命，往往糟蹋在它们手中。

宁愿被这些嘲笑为不通世故、不解人情，我仍然喜欢独自领悟，放弃争吵，在通往坟墓的道路上，真正的向死而生。活得是个人。

躲避开那些地窖里习惯阴暗的蝙蝠，在露珠从竹叶上落下的一刻，我情愿习惯微笑或大笑着面对美好的人和事物。在朝坟墓走去的一路上，我不愿再吵个不停。你呢？在任何冬天，让我们相亲相爱，相互取暖吧！

戴面具的人

每个人都渴望做自己，但却不知不觉迷恋上面具，戴着面具生活。接受真诚，需要一颗极其勇敢的心，能够承受真诚的痛苦。

每个人都渴望做自己，但却不知不觉迷恋上面具，戴着面具生活。

电影《新龙门客栈》里，女主角是大漠里漂亮的老板娘，有一家客栈。经过关口的客人，难免都在她那里歇息。

这个老板娘白天很泼辣、很肆无忌惮、很豪爽、笑骂打闹，应付三教九流的人物，非常凶狠。但是，她的房间里却藏有几个娃娃脸谱的小面具：哭着的，笑着的，还有忧伤的。难过的时候，她就拿出来看着。

面具是她保护自己的法宝。

有一次在图书城门口，李阳，就是那个凭借“疯狂英语”大红并且赚了好多好多钱开了大公司的李阳，在做演讲。

他激情澎湃号召：同学们，抬起你们的爪子来，学好英语一定要开口喊，大家跟我一起喊……于是大家跟着他热情大喊。

那个时候我站在侧面的角度，看着无数张青春面孔激动起来。然后，我看见李阳忽然转过头，他居然捂嘴在偷笑。

就是那么一瞬间，我还以为我看错了呢！结果他在整个场面沸腾时，仍然转头偷笑了至少四次。我开始怀疑：学生们面前那个充满魅力的教“疯狂英语”的大叔，他真的相信他自己说的吗？

当时人很多，我胆小，不想被群殴，没有模仿《皇帝的新衣》里的小男孩直接喊出来。现在我写出来，比较安全。

还有一部经典电视剧《大明宫词》，故事说有一年长安城上元佳节，整条长街灯火明媚。偷偷逃出宫殿的小公主，欢快地穿行在街道上。她好快活，因为第一次见到真实的人间，比森冷严肃的大明宫要好玩热闹无数倍。玩耍中她撞到了一个高大的路人，她揭下了那人的昆仑奴面具。面具下是最明媚的男子面孔，那么俊美，整个世界也无法匹敌。

但这却是一个悲剧。她喜欢上了他，他却已有妻室。她凭借母亲，中国唯一的女皇帝的力量，得到了他，间接逼迫死了他的妻子，却永远得不到他的心。他后来也死了。她常常梦见那张面具。

这个面具象征着永远的缅怀和悼念。

童话大王郑渊洁写了个故事叫《魔方大厦》。男生皮皮鲁闯到一个城市，每个人都戴着面具，后来皮皮鲁自己也被戴上了面具。结果取下面具的方法就是嘴里喊着“真诚的力量”，并且往对方头上一拔，那面具就掉了。喂，你会不会觉得那台词真够教科书，很是令人无语，童话里才有那样的台词吧。

嘴巴上嚷嚷着真诚，就能得到真诚吗？每个面具控，其实都很爱他的面具。

面具带来了无数的好处，所以许多人离不开面具。

我们会长大，没办法永远活在童话里。

接受真诚，需要一颗极其勇敢的心，能够承受真诚的痛苦。

逍遥游

人生中，熊掌与鱼不可兼得。你想成为什么样的人，就去专心做什么样的事。

我有一个朋友，从前在一家很有名的刊物当记者。后来，他成为电视台编导，再后来，他决定自己修行，不想上班。

他认识很多亿万富翁，常常为他们筹划雅集。在顶级酒店，在高级会所，在私人会馆，都有他的身影。

很多名流都知道他，都觉得他性格好，热情，很耐得住磨。

这样的日子过得很快活，不知不觉，他已经快四十岁了。有一天，他从韩国回来，和我会面，请我看了一场电影。他忽然看着电影院里的海报惊叫来。

我问他怎么样了。

他指着电影海报上出品人的名字说：“这个人，是当年我们一起在北京的同事，我们租一套房子，很聊得来。”

那部电影是一部投资巨大的大片。他于是受到刺激，告诉我，很想做一点自己的事业，于是策划了一个方案。他想开一间精致的茶叶会馆，需要投资。但那些真正的有钱人，没有一个人投资他。

不仅不投资他，富豪们还继续邀请他赴宴。

他很困惑，找我诉苦：“这是为什么？”

我告诉他：“这是因为，你所展现的，都是你的情趣爱好，闻香、坐禅、煮菜、听琴、试玉、读经、品酒、赏月……他们需要一个闲散的人，陪同他们玩。你们厮混得非常熟，在高端圈子里，仿若好友，一会儿一起出国游，一会儿一起聚会。”而本质上，你和他们的相处，是玩乐性质，他们总把你当成跑腿办事的，而不是当成真正的伙伴或友人。”

“他们平时对我蛮好、蛮大方呀！有时候随手就送我一块价钱上万的名表，顺便就塞给我一套阿玛尼的西服。为什么就是不肯拿出几万、十几万试试看。那根本就是他们的九牛一毛。”

我笑道：“富人们只是在放松消遣时找你，为了感谢你组织活动，会顺手送你名牌手表、衣服，那代表你的价值就是这些物品。

“其实，对于有钱人而言，常常消费的这些奢侈品，反倒在他们心目中不值什么。这些物品，也很可能来自别人的馈赠，比如银行会给重点大客户回扣送礼。东西放着也是白白搁置，不如做顺水人情送给你。

“我们换位思考一下，试问，如果你是一个有钱人，你会轻易投资给一个爱玩会玩、行踪不定，并且从来没做过成功生意的人吗？

“要他们把真金白银交给你做事，太难了。商场上厮杀拼搏发财的人，反而特别在乎积攒扩大的财富，甚至锱铢必较。

“会玩，其实是一个优点。但这个优点，适合开公关公司，做开拓人脉工作。

“做事，有另外一套价值体系。

“如果你想真正做事，就要改换门庭，做好艰苦创业的准备，从小门面做起，从赚钱的经验积累起。”

这个朋友点头称是。

半年后，他打电话给我，原来他已经去一家佛学刊物担任总监。他告诉我：“原来热情劲头消散，自己并没有那么想开店。”

他只是喜欢精致的文化、安逸的生活，创业是因为看见相同年纪的人事业有成，嫉妒心发作了。

我问他：“你现在快乐吗？对薪水满足吗？”

他回答说，还不错。平时采访出家人，关注文化修行，他觉得很舒服。他也总算理解了富豪们的心态，渐渐地不再与之打交道。

人生中，熊掌与鱼不可兼得。你得到了逍遥快活，还有口饭吃，那说明这才适合你。

你是什么样的人，就去做什么样的事。

读书如吃饭

人生并不是只有童年才烦恼，烦恼贯穿漫漫路途的全程。我们需要用一辈子去学习。

我很喜欢去学校讲座。每一次讲座，都会摩擦出小火花。有一次，我去一所大学讲座，短短一个小时时间，遇到了一个有趣的问题。

这是一个看起来挺严肃的男孩提的。他说：“我没看过你的书，你能用一分钟说理由让我喜欢你的书吗？”

我听了这个问题，忍俊不禁，笑出声了。我想了一想，回答他说：“我倒是想反问你一个问题，你为什么要喜欢我的书呢？你平时看书多吗？”

那男孩呆了，只回答说：“我平时不怎么看书。”

我猜，绝大多数作家、学者、教授或者社会名流去大学讲座，大概都是希望自己的作品或产品被喜欢的。

而我，没有那么强烈的希望。

如果你看过我的书，觉得很好很喜欢，那就不会问这个问题。如果你没看过，我们彼此陌生，那就会有两个选择。第一个选择是，可以去尝试一下。第二个选择是，完全不去看，没有为什么，就是不想看。

读书这种事情，本来就难以勉强。

没必要因为我来了，就要喜欢我的书。看书纯粹是私人的事，喜欢就看，不喜欢也没什么，丢开就好。如果觉得很糟糕，就丢开吧。如果不喜欢甚至可以骂。读者买了书，有表达好恶、赞美或痛骂的权利。

那个男生后来摸摸自己的脑袋，也笑了。他说，那他去试试。

这还让我想起来，去另外一个医科大学开读书会，校领导让我给同学们推荐书目。

要我说，读书只有一个最大的真相。

在我的大学时代，我几乎不挑选，遇到什么就看什么，来者不拒。不管是《博尔赫斯七席谈》，还是泰戈尔的《飞鸟集》；不管是美国大法官波斯纳文丛，还是黄易、倪匡、亦舒、金庸的爽快文字，我都看得不亦乐乎。

哪怕我自己出了很多书，做过很多年的编辑，我也觉得，我读的书太少了，远远不够。

钱锺书的妻子杨绛女士，也曾经被年轻人问过，觉得人生迷茫不知道怎么办。杨绛女士如此回答："你的问题主要是读书不多，而想得太多。"

我觉得吧，想得太多不是毛病。想得多说明爱思索，如果搭配上读得多，那就没问题了。

人生并不是只有童年才烦恼，烦恼贯穿漫漫路途的全程。我们需要用一辈子去学习。

所以，读书这事最大的真相是，年轻的时候，先别管那么多，使劲看，拼命看。看到某种程度，你会突然开窍，发现文字的脉络，思想的精华，以及分辨什么书好，什么书不好。什么书可以反复看，什么书看一遍足够了。

读到足够多，你甚至可以领悟到，哦，为什么这个作家这样写，为什么那个作家不这样写。为什么这个作家令你悲从中来，此生哀伤，长夜痛哭，那个作家令你明理觉悟、启发智力。还有的作家令你静默如谜，不再畏惧孤独寂寞，成为勇士。

你还能学到，为什么处理这件事有潜规则，处理那件事有明规则，世事怎么运行，人心如何收服。你开始发现自己真正的兴趣之所在，在某个领域继续深读，成为专业人士。

金庸写小说，虚构了一个绝世高手叫黄裳。这本是个宫廷的文官，对武功一窍不通，但他的工作是编辑道家经书，因为害怕皇帝发现差错，干脆细心校点，一边校对，一边博览群书，统统读透了。不知不觉很多年后，他无师自通，写出了一本《九阴真经》，堪称天下武学的巅峰。

此后什么华山论剑，什么东邪西毒、南帝北丐中神通，这些大高手都仰仗这本书，修习这本书，以实现自己的野心或梦想。

那些给你开书单呀、列出十大必读书的做法，都是瞎忽悠。那些跟你说自己很不爱看书，却文章写得很好、口才棒棒哒、做事有条理、思考能洞察的人——都是骗你的。人家闭门练功，出门制敌，成为人生赢家。这种人，就是学生时代动不动考得很好，却跟你说自己没看书、天天在玩的人一样，是高级心机婊。

读书如吃饭。青春发育期，少废话，少挑食，多吃多读，你的心智才会饱满强壮，有丰盛的知识背景去面对人生。

舌尖上的反击

舌尖上的世界，其实就是比拼直接影响你的心理。多学点心理学，看破诡计，为了自己的健康，反击逆袭。

现代社会有谁没吃过泡面呢！泡面有很多别名，快餐面、方便面之类，反正居家旅行必备。然而，你看大多数泡面包装上的食用指南，基本上都是用热水泡3分钟。对，吃一碗泡面，官方建议是请你用热水泡3分钟。

为什么是3分钟？3分钟更加好吃，面不会泡烂对吗？好像也不是，但凡亲自泡过的人，都有经验，有些面泡5分钟，味道也很不错，面条仍然爽滑。

3分钟，是发明泡面的老板确定的，他调研了一番后定下，风行全世界。

1958年，日籍华人安藤百福，在大阪府池田市发明了方便面。这位先生原名吴百福，是个华裔。在随后不断试验产品、推销产品的过程里，他建立了3分钟的行业尺度。

其实，3分钟是因为考量了人的心理状态，是一个心理学伎俩。人在面对食物的时候，让你等上 3 分钟，面的香味刺激加上等待，会让你胃口变好，吃起来更加快乐，觉得很美味。

如果超过了 3 分钟，等上 5 分钟呢？人就有点失去了耐心，期盼心减弱，那种将要得到的心理愉悦，峰值下降，会觉得没那么好吃了。食物气息对鼻腔的刺激也开始有点习惯了，有点麻痹了。

全世界的人都是如此心理，所以，全世界的泡面，尽量都劝告你泡 3 分钟。这个道理电影《麦兜》里也提到过，一口火鸡的滋味，在将吃未吃时，香味达到了巅峰。

谁都知道吃泡面只能满足基本营养，长期吃不利于健康，但有时候就控制不住，想偷懒，加上泡面的香味诱惑，大吃特吃起来。

另外一个诡谲的伎俩，则是关于热量的。现代的食物丰富廉价，吃多了容易引人发胖。于是，人们开始小心翼翼控制摄入的热量。食品制造商们为了迎合消费者，政府部门为了保障和引导国民健康饮食，要求食品标注出营养成分和能量。

有国家的强制管理，生产商难道会瞎标热量吗？生产商当然不敢瞎标，但是呢，他们自然有别的花招。你去买一袋饼干，看见上面写着每份热量 300 卡路里，哟，不怎么高嘛！于是你放心大胆享受美味。结果你再看看能量表下面的超级小字体文字说明：每份约等于 25 克。

这个时候你已经吃完一袋饼干了。一袋饼干呢，有 100 克。也就是说，你不知不觉吃下了 4 份的热量。

怎么样？这陷阱很妙吧！所有会让你心理放松、失去戒备的手段，只要不是明显违背规定，只要能让你更好地消费产品，保存这样的消费习惯，擦边球就会层出不穷。中国也好，外国也罢，天下的乌鸦都一般黑。问题食品可怕，不良习惯也可怕。上面的例子，完全吻合食品卫生管理规定，但是，就是让你离健康饮食越来越远。

现代食品工业已经高明到分子水平，更好的口感，更多的噱头，更专业的消费者心理研究。

舌尖上的世界，其实就是比拼直接影响你的心理。得民心者得天下，以及天下人的钱包。消费者自己只好加强学习，多学点心理学，看破诡计，为了自己的健康，反击逆袭。

成全自己

成全自己，对自己有要求无可厚非，但对别人，应当是顺其自然。

“大家试一试，真的，只要你坚持一段时间，半个月或者一个月，你就会慢慢习惯吃素。”她说。

一个同行的男士打着哈哈说：“行，下次试试。”

“你的身体会变得很舒服，我就是这样把身体调养好的。”穿着素净的她，继续劝说。大家纷纷顾左右而言他。

她是一位虔诚端庄的女居士，也就是皈依佛门、但还未曾彻底出家的人士。遇到她，是在一次南方的电视台主办的人文地理之行活动上，同行的是来自各地的教授学者和职业摄影师。她的谈吐清雅，虽然大家对佛理教义不是很了解，但都称赞她气质颇佳。

从第一天吃饭开始，入座点菜，她就声明自己吃素，聊起吃素的话题，引经据典，滔滔不绝。

在一起围着桌子吃饭，大家有意无意避开她的话题，点了鱼肉之类的荤菜。不过呢，大家还是好心提醒服务员，有两道菜要素的，我们这里有修行的。

我看得出来，那位女居士非常认真地在做她自己。她在修行，她贯彻着她的信念。其实我也同意她说的，吃素是为自己积累福报，而且现代人饮食热量大大超标，清淡素食才健康，对身体有好处。

可惜在座的人大半都热爱荤食的美味，更愿意满足自己的口腹之欲。她用悲悯的眼神看了下大家，叹气，吃着自己面前的素菜。

中间，她去洗手间。当她一离座，我就听见其他人抱怨："我就是爱吃大鱼大肉，一直念叨，搞得都没什么胃口了。"

有人接话说："算啦，也要给点面子嘛！多少年才修得一起出来玩。"

大家说笑了半晌，看到她回来，纷纷不提这个话题了，举起筷子去夹蒸鱼。

后来，我请教友人。友人讲了一个类似的故事。

那也是一位女居士，找到了她心目中认可的师父，皈依后开始持戒茹素，做法和我在活动中遇到的女居士一样，一群人 AA 制去餐厅吃饭，她趁机劝告同事，不要杀生，会堕入六道轮回，不如吃素。

结果，这大大激发了同事们的逆反之心。同事们吵吵嚷嚷道："算了，算了，她要吃素，我们就别叫她了。"

久而久之，她发现自己在公司里非常孤单，常常一个人吃着自己带的素菜盒饭。人际关系也受到影响，工作上很多事情，同事们似乎不爱跟她合作了，有些事情推给她一个人。背后私下，她也听到同事的闲言碎语，认为她装清高，有点讨厌。

她很生气，但又觉得发脾气不对，这更加让她憋闷，情绪低落，觉得苦恼，明明自己是一片好心啊。她就去问自己的师父："我这样错了吗？"

她的师父是位修行圆融备受尊敬的大和尚。

大和尚听了她的诉苦，先是笑，然后反问她："为什么不跟同事一起吃饭呢？"

"我跟他们吃不到一块啊！杀生造业啊！"

"你可以这样想，你如果和他们一起去吃饭，至少你点的是素菜，不就相当于让他们少点了荤菜了吗？这不就是间接的少杀生造业了吗？"

那位女居士愣住了。

"我们不用勉强改变别人，可以慢慢影响别人嘛。"她的师父补充道。

她有点醒悟过来了，试着主动邀请同事们一起聚餐，不再刻意要求同事们陪她全吃素，只给自己点了素菜。点菜上菜，她都不劝别人了，和大家一起说说笑笑地吃饭。

慢慢的，同事关系恢复到以前和睦的状态，做事顺利多了。她自己坚持清淡饮食，皮肤气色变好，人也瘦了一些。于是女同事惊呆了，女人爱美，被带动跟着她多点蔬菜。男同事虽然照旧，但不知不觉，饭桌上的荤素比例发生了变化。有素菜，多少也会吃。

看起来很简单的吃素问题，反映出的其实是自己的心，是否走向偏执。修行并不能成为把自己的意志凌驾他人之上的理由。

真的懂得修行之道，反而会意识到，成全自己，对自己有要求无可厚非，但对别人，应当是顺其自然。

我们没有必要成为一个让人讨厌的素食者。相反，我们完全可以成为一个可爱的素食者，身体力行，潜移默化。

第八章

快乐是自找的

大快乐，小快乐，理论上都不要放过。
尤其是，我们的人生确实更多拥有的、
更该得到的是绵密的小快乐。

开咖啡馆的哲学

梦想人人都有，所以，其实梦想本身没什么了不起的。唯有货真价实的梦想，才能照进现实。

有人统计过，爱好文艺的人士，都有两大梦想：一个是开书店，一个是开咖啡馆。书店的事就不说了，数字出版时代，实在是大势所趋，开书店已经谈不上赚钱了，让人退避三舍。更多人挂嘴边的，是开咖啡馆这种梦想。甚至是，咖啡馆和书店合并，一起开。

你想拥有一家自己的咖啡馆吗？可是你没什么钱，那就一起集资，大家都来当老板。这个时候往往有个人站出来带头号召：咱们联合开个咖啡馆。

于是很多人合伙砸钱，开始做白日梦。募集资金的时候，会在豆瓣或者聊天群里，用最动听的口号抒情：大家不为了赚钱，只是为了圆心中的梦，这么多股东，每人带几个喜好咖啡的文艺圈朋友来，营业额都不少了，至少不会赔钱。

可惜事实似乎不如想象中好。这样的咖啡馆，倒腾着，开了。开出来后，生意清淡，门可罗雀。就在我住的城市，倒闭了不少家充满“梦想”的咖啡馆。

不想赔钱，只想圆梦，看上去真的很美。我很想问一句，那些一心想赚钱又认真经营的咖啡馆，都不一定赚很多钱，维持起来很困难呢，真难想象，只是不想赔钱的咖啡馆，能活得下去吗？

据说从来不谈文艺梦想的星巴克卖一杯咖啡，利润才两三块钱。而且还是赚的那些外卖打包的。点一杯咖啡、坐在店里大半天不走的人，耗费成本最多，贡献利润最少。越是文艺青年和知识分子，越没法供养起咖啡馆的生存。咖啡馆真正需要的，反而是那些要提神、要打包的商业白领人士。

茨威格的小说《一个陌生女人的来信》里，那个女人，在她生命的最后时刻，饱蘸着一生的痴情，写下了一封凄婉动人的长信，向一位著名的作家袒露了自己绝望的爱慕之情。小说以一名女子最痛苦的经历，写出了爱的深沉与奉献。

看，到最后还是要有个回音。表面上骗自己我不要，我真的不要……其实我要，真的想要。幻想和理想，就这样被当事人自己搞得扑朔迷离。

不想赚钱的咖啡馆，不求回报的暗恋狂，我觉得这些人演的都是同一种戏码。他们并没有认真准备去做一件事，所以也不打算去接受糟糕的结果：咖啡馆不赚钱就会倒闭，合伙人也会反目成仇；痴迷暗恋的人容易孤独终老，同时虐待自己一辈子。

这种人在咖啡馆倒闭之后、在自己无爱孤独到死之时，才肯接受真相：做生意和谈恋爱都不是慈善事业，不求回报是一种病态。

梦想人人都有，所以，其实梦想本身没什么了不起的。不能诚实面对自己最世俗的欲望，那就无法到达天真无邪、认真赚钱、开花结果的境地。那些把梦想种成无花果的人，最后只能写一封给陌生人的告白信，唱一首伤心的咖啡馆之歌。唯有货真价实的梦想，才能照进现实。

越过青春的徒劳无功

越过青春的徒劳无功，你得觉悟：要么独当一面，自己独立，可以去做自己喜欢做的事。要么，学会和同事合作。

毕业后工作，我也有过辗转犯傻。到电台的第一天，主任吩咐主持人：“这个是新来的同事。你做栏目多年，先得你多教教他。”

那位主持人的节目我听过好几年。声音很棒，有很多听众，就是好几年都是老样子，没什么变化也没什么特色。据我所知，一直都是他自己编、写、主持于一体的。我想，我要在自己的手上做出新的特色来。

心里固然这样想，嘴巴上还是请他多指教。他跟我通气：“周末要请一位嘉宾，你是做文字的编辑。先写个策划稿子吧！”我笑着点头。这还不简单?！这是个机会。好了，我要发挥自己的本事了。

我上网收集资料，调查了一些大学生的热点新闻，并且还咨询了几个研究大学生就业的专家，总结了一些职业当中常常遇到的问题。我想，这个肯定有人关注，现在很多人为这个困惑。

节目开播是星期六晚上的九点半。因为时间赶得很急，我忙得不亦乐乎，一天一夜兴奋得没睡好，终于把材料准备齐全，并且赶在晚上节目四个小时前，把稿子写出来了。

那天下雨。我因为早早准备好，一直就待在电台等着。

那个嘉宾先到了。我看看手表，她提前了一个半小时。看来她是个细致的人。我有点紧张：她会不会很挑剔我写的策划文稿？

她收拾好东西，坐到录音室外的休息处，向我招手："你好啊，你是我们这次节目的内容编辑吧！你的文稿写的什么内容，我怎么没接到通知？我们先沟通一下吧！"

我把费了好大劲才做好的策划文稿，用文件夹夹好，交到她手中。她很认真地看起来。几分钟后，她抬头说："你这个不行，太学生腔调了。"

我愣了一下，看了看打印出来的文稿，倔强地回答她："我不觉得啊！我按照很职业化的方向准备的。"

她显然没想到会遇到我这样的回答，表情很惊讶。她看了我一眼，不说话了。我赌气走到一边去，很快，主持人也赶到了。外面雨一直没停，主持人收好雨伞，和她热情地打招呼，看得出他们很熟悉。

她跟主持人聊了几句，向我指了一指。

然后主持人走过来了，对我说道："请她来做嘉宾，是有节目安排的考虑。她是一个负责解释情感心理困惑问题的角色，但你准备的却全是职业心理问题，你叫她如何解答？"

我很委屈，头脑一热，不客气的话脱口而出："您知不知道，我做了一天一夜。”话出口，后悔也来不及了。

但我没想到这位嘉宾居然笑了，但她是笑着在旁边说：“别说一天一夜，三天三夜都不行。”

“你做多少时间，和我念不念你的稿子没有任何关系。你做得再好，也只是你自己的想法。你没有和我沟通，你怎么知道我擅长不擅长？最少你也要预先和我打个招呼，你准备的是什么节目内容。不然你的问题我一个都答不出来，现场播音难道在那里大眼瞪小眼？还是等着你临时胡乱问几个问题？”

我付出了这么多努力，却被这样嘲讽了一番，我当场忍受不了，虽然没一摔文件不干了，也不管不顾地冲出电台大楼。

好吧，你不要我的文稿，我看看你们怎么做节目？不就是老样子吗？

我抬腿走开时，那边“on air”的指示标记已经亮了起来。

我在外面溜达了一圈，头发潮湿地回来。等我回来的时候，节目已经开始了大半个小时。我就坐在外面听着。

我听到的很出乎我的预料。嘉宾和主持人一问一答，紧凑而细腻，问的和说的话题，我自己也感觉是很让人关心的。其实主持人对我很客气了，我撇开他写策划文稿，他并没有直接指责训斥我，也是好好地跟我说事。

我的脑袋里还出现模拟的另外一种场面，如果是念我写的文稿……嘉宾一问三不知，勉强瞎回答，听众不知所云……天气不热，我额头居然冒汗了。

节目的末尾，外面打进热线的人一个接一个，还有好多电话等待着想要和嘉宾聊一聊，嘉宾很是受欢迎。在她举重若轻的解答里，纷纷以“谢谢”结束。

可我心里仍然难受。我付出了差不多20个小时的努力，付出却没有回报，还被否定。被否定不说，还是被这样悲惨地否定。

等到他们做完节目一起出来，我先跟主持人道歉："对不起，事前没跟你做好沟通。"他摆摆手说："算了，下次注意，倒是你和咱们的嘉宾该说一声对不起。"

我看见女嘉宾到休息室休息喝水。

我张了几下嘴巴，终于对她说出口："您的谈话和解答真好。"

她客气地笑了："谢谢你的赞扬。"

多年后，我才深深地认同，职场就是这样，只看结果，少提过程。新人尤其喜欢计较付出，力下了不少，工作也干了很多，但是成绩不怎么样，做出的东西不能够让上司满意，受到了批评，心里就充满懊恼和怨念。

可惜无用功就是无用功。

这个时候，如果不断强调辛苦的过程，其实更加让头儿瞧不起：花了那么多的时间还做不出符合要求的成果。老板是关注结果的，过程是员工在意的。说职场势利残酷无情，真的是天真幼稚病。

越过青春的徒劳无功，你得觉悟：要么独当一面，然后自己赚钱，自己独立，可以去做自己喜欢做的事。要么，学会和同事合作。

远离不靠谱

人世间最基本的事实：付出心血，累积资本，你才有充分的自由美好去享受。

最近某个公共大号做了个活动：几个小时内你赶到机场，就帮你出机票，逃离北上广。这活动很精明，参与的人数却很糟糕。

我为什么这么说？我给大家掰开了揉碎了分析一下。

你想想看，你去高级餐厅约会，等着大厨上菜，他把锅铲一扔，两眼放光，去赶飞机了。

你急匆匆去医院看病，医生把白大褂一脱，今天不值班了，排好的手术不做了，您另请高明吧！他兴奋激动去寻找自己的生活方式。

你去公司谈合作，已经到了最关键的时候，结果找不着跟你谈的人了。一问，人家浪漫满胸，情怀爆棚，逃离北上广了。

你等着发工资吃饭，找不到财务了。财务觉得自己苦闷痛苦，格子间是地狱，大梦初醒，要说走就走。

这都几岁了？这么幼稚的桥段还玩？还玩不可怕，可怕的是，居然还有人吃这一套，还立刻心潮澎湃，纷纷响应同去同去。

我去！这都是些什么人啊？太 TM 不靠谱了。

在我看来，那些心血来潮就逃离北上广的人，对自由如此敷衍不尊重，根本不配得到自由。

肯定也有人想辩解，也许那些人安排好了自己的事情才走的呢？

一个成年人的工作，涉及众多杂务，匆匆忙忙四小时之内能安排好？难道是在幼儿园过家家吗？除非这个人就是在混饭吃，彻底是个打杂的小喽啰，完全不重要，闪人了也没人注意到他。

何况这四个小时期间，还得出门坐车，大城市动不动就堵车……

我不喜欢那些花里胡哨忽悠人的东西，就想说点实实在在的真相。

如果我还在当头儿，当上司，遇到那种心血来潮说走就走的手下职员，我会直接记在我的小黑本上，并且狠狠地给他们贴上一脑门的标签：不靠谱、没责任感、负分、滚粗。

据说“贴标签”是一种特别政治不正确的行为。但是，去他的政治正确。想追求自由，连个机票都要蹭免费的这种人，就不配交给他们有价值的工作。这种人，也不配拥有这世界真正的美好与自由。

人生不坚定又没预谋的人，做人任性，就算送他机票，逃离了北上广，也坚持不了多久，还得自己滚回来，给自己遗留的问题擦屁股，收拾自己的人生烂摊子。

人世间最基本的事实：付出心血，累积资本，你才有充分的自由美好去享受。

飞出藩篱得自由，去过自己想要的生活，是人生中的奢侈品，岂可轻易获得。

一天到晚心不在焉、不专注做事的寒号鸟，活该冬天饿死，活该过不上真正的好生活。

扎扎实实垒窝筑巢的喜鹊，天冷就歇息，吃好喝好，天暖就出门旅行，欣赏美景。

那些为了“目标”蓄谋已久、终于达成理想的人，才真正值得尊敬。这种人，才有力量捍卫自己的自由生活，长久维持下去。

所以，靠谱的人，你就应该马上加到自己的白名单，有好事情，好的合作项目，首先去找他们。

不靠谱的人，拿出我们的标签，赶紧贴起来，别给他们下一次机会。

那年的友谊

这个世界上，很多事情都不像国宝熊猫那么黑白分明，我们得学会辨析选择，学到糟糕记忆里的有用经验。

中学时代，有件事很逗。那天下课后，沿着老街老路老景致一直走啊，一直走。在放学后，要经过老街道，经过一些贩卖食物的小店铺，嗅着熟悉的香味，顺道买点小吃解馋。

回家的路其实蛮远，我到初中一年级，仍旧只会虐待双腿。我不是没有想过学一下单车的，以及让家里人给我买辆新的、很拉风的单车。那时候，在中学生里面，我的个子也算比较高的了，腿也不短。

这个时候，有个同学忽然对我说，×××，等一下。我回头一看，纳闷了，根本不是很熟啊。我以为他有什么事情找我，结果他说，来来来，我载你吧！

本来什么都不会发生的。啪嗒，我跳上了他的单车后座。急剧的冲击力，让他的单车后座崩溃掉了。本来就是一辆旧单车，年月长了，周身布满铁锈旧痕，无法承受力道，被我坐垮了。还好人没受伤。这个男生本来自己骑得好好的，干吗要忽然停下来，我尴尬到极点。

他说，没事没事。接着走路吧！这样，我们就变成了一起走。我很懊恼也很羞愧，仿佛我是一个重量级的单车杀手。那个时候，我不到一百斤啊。

他说，其实你可以学啊，你腿其实也长，肯定一学就会。我说是啊，可惜没空。他说，我有空，可以教你，怎么样？

盛情难却，我说，没问题。后来，他开始教我。反正上学路途是一样的。在他买了一辆新单车以后，我差不多也学会了单车，也只不过撞了一次电线杆，摔了三次在地上。

你看，这事听起来很讲义气，简直是出门遇到贵人。我骑车的技术日渐熟练，两个星期后，我果然很容易就跨上去，助跑几步，转动踏板，感觉腾云驾雾一样。

当我们在中学分道扬镳的时候，我们做了三年多的朋友。各自奔赴不同地方去念大学的那年，他告诉我一件事情，关于我们围绕单车发生的故事。他本来就不想要那辆旧单车，所以才邀请我去坐上他的后座的，这样就可以合情合理要家长买新的……他后来是这样告诉我的。然后呢，他觉得这么利用我也挺过分的，于是主动教我骑车。

最后知道真相的我，感觉怪怪的，很逗，但又觉得，人心可真复杂。

我在某一家有知识分子传统的报社干过一段时间。原本我喜欢关注文化领域，才想去的。跑新闻的上司是个老阿姨。老阿姨对我很“照顾”，每次把最难啃的骨头丢给我，把舒服的任务留给自己。

于是我采访了很多满嘴空话的大小官员、八面玲珑的大学校长、争吵得快要掀翻屋顶的全国教育或医疗论坛。

有一次我采访某个教育部门人士，跑了六次，问不出像样内容，中间还放了我一次鸽子，让我在附近的咖啡馆等了五个小时等到打烊，我被气到了。

不过，稿子刊登出来有了奖金，被总编辑评选上了当月优秀奖，她也会都分给我，毫不含糊。

是否愿意继续留下来做事，取决于我的选择。我是觉得上司能够共享利益，获得收入重要呢？还是觉得做喜欢的稿子重要。我对她的认知和评价，也会综合起来，得出结论。她想必也是如此判断。在我提出离开的时候，她极力挽留，我执意放弃。为这事，我有点得罪她了，但我这个人，看清楚自己要什么，就很坚定。

多年后，我在电视台做嘉宾，又遇到她，彼此很客气地满脸微笑握手。这就是成年人的“放下”。

这个世界上，很多事情都不像国宝熊猫那么黑白分明，我们得学会辨析选择，学到糟糕记忆里的有用经验。友谊即便最初动机不纯、很滑稽，但陪伴了青春期的寂寞。成年人计较利益，但训练了你的合作相处能力。

苛刻洁癖的人，没法快乐地交朋友，也无法和他人合作。现代社会，创业守业，单枪匹马都是不够的。

我们难以回避与他人建立各种关系。所以人不该苛求他人完美，正如我自身的不完美。好友如此，恋人，亲人、同事也如此。不管是开始相处，还是结束共事，还是山水有相逢，我们成为大人，找到对的一面去应对，就不会犯幼稚病。

快乐是自我的

大快乐，小快乐，理论上都不要放过。尤其是，我们的人生确实更多拥有的、更该得到的是绵密的小快乐。

我那次去香港旅行时，住在一个超级“麻雀”的小公寓里，无聊地看着电视，目睹新闻报道了一个修伞老人。

在大都会的小街巷里，这个老人工作了六十年。他沿着旧日熟悉的道路，旁观小宇宙大世界现代化城市日新月异，逐日老去，以修补残损的物件为生。

黑色、橙色或者七彩的直柄、曲柄伞，经过他的手，获得第二次、第三次乃至多次生命，他的手艺娴熟，笑容爽朗，头发掉光。我不是要歌颂一个坚守一辈子的劳动工作者，是如何如何堪为楷模。我要分享的是个生活家。只要你常抓不懈地生活，你就是生活家。

老人说，我想吃豆腐，就去吃豆腐。

这老人，成精了。

我极度有共鸣啊！小时候看卡通片，同时吃一碗火腿番茄鸡蛋汤泡饭，很快活，我常常自诩精神物质双享受。

做一个平凡人是很难的。因为心藏热毒，身在碌碌可是心比天高。你有无顺着自己容易满足的心愿？你有无善待自己简单朴素的需求？你有无享受自己有劳而获的快乐？这种小快乐，你用一点点勤勉，达成是没有问题的。

所以——等到60岁以后才认命呀！认命了就会转头了，转向别的事物，比如普通之物。世界上最荒谬的观念是，万物无高下之分，百年千年万年后，都不是一样成为灰烬。问题是眼下活着的时候如何是好呢？

所以，更靠谱的生活态度是，我们要热爱名利，一日在世，一日不息，在世就积极周旋。与此同时我们也要知道，路途漫长，难免灰了心，寂了寞，伤了感，孤了独，悲了哀，但多数悲欢轮流坐庄，也有休憩放假时，那就是吃豆腐时间。

可以是豆腐，也可是其他事物，看你自己安放填空的内容，温书、逛街、听歌、看海、吃美味食品，每个人都有属于自己的低快乐阙值条件，付出努力是可以实现的。逛街律条之下，不伤害他人之下，不损害自身性命之下。

大快乐，小快乐，理论上都不要放过。尤其是，我们的人生确实更多拥有的、更该得到的是绵密的小快乐。

宠物的启示

所谓爱，沉重而轻微。爱的本质，是接受真实的对方和自我。

机缘巧合，我养猫了。因为此猫自己会上厕所，所以我采取了放养的方式，由着它满屋子乱跑，上蹿下跳，自由自在。渐渐猫长大了，轻功越发了得，一米多高的窗户，也可以一跃而上。我这才想起一个严重的问题，我家在一楼，夏天来了，开个窗户，它就有可能跑出去。

猫这种动物，野性天生，不比犬只，养出感情了对人无限眷念，惦记着回家。很多人的猫一旦离家出走，从此一去不返。除了自己走掉，值钱的猫还会被偷走。

我认识两个开小酒馆的友人，他们养了一只叫大福的公暹罗猫，去了好几次店内，那猫对人温顺，远观亵玩两相宜，血统纯正，洁净高贵，对人毫无防备——后来，它被人偷偷拐跑了。

另外某个友人还提到说，她的一个朋友家的猫，13 岁时跃上窗台，跃到了更广阔的世界去了，害她哭了一星期。

当时我想起电影《桃姐》里的戏谑斗嘴了，忍不住模拟一番开玩笑：促膝暖怀有时，喂养逗乐有时，被咬挨爪有时，一跃而去有时，人生所有的相聚都是要告别的哟。因为明日可能就要告别，所以今日我反而加倍温存。

设想当我面临那一刻时，我心爱的猫不告而别，消失不见时，我会怎么样呢？猫就罢了，至亲至爱的人呢？

其实几年前，我还养过一只白色小狗，相当幼小，才一个月大。我为它擤鼻涕，为它洗澡，为它穿外套，为它找旧衣服做窝，它怕冷，半夜呜呜叫，于是我把它抓到床上人体供暖。

后来，在一个早晨，我妈送走了它。

看见世界上千千万万只小狗，我都会想起我的小狗。

它直接进入了我的内心，因为它从来不曾矫饰过它的本性。

它不满了，就大嚷大叫。它饿了，就要吃。它牙痒痒了，就咬拖鞋。它冷了，就往人身上靠。别人对它好，它就跟人撒欢。

许多人做不到小狗这样本真。我们一开始努力呈现自己最美好的一面，给女朋友看，给男朋友看，给同学看，给朋友看，给老师看，以及给观众看。渐渐我们放松懈怠后，就显露出本来面目，于是彼此开始失望。

如果我们最初就能像小狗一样，能否相处得更加好？至少，各自的想法、做法、看法，真实意思是什么，各自可以认真用真实的自我给予回音，而不是彼此误解虚耗生命力。

我们本当用真实的自己，相互砥砺磨合。恋人慢慢成为坚固的恋人，家人慢慢成为融洽的家人，友人慢慢成为坦率的友人。

抑或及时醒悟，好聚好散，各自远航。

因为那只小狗，我才发现尽管我有许多自由时间，我居住的小区树木繁茂，四季美好静谧如一座花园，但我却花很少时间在户外活动，总在写作或者上网。如果我天天带它出门溜达，也许就不会搞臭房间，让我和我爸妈疲于奔命为它善后，最终大家一起失去耐心。

因为那只小狗，我开始观察狗和人类的关系，对人类属性，有了进一步的观察认识。我家隔壁养了一只大狗，同时，女主人生了一个女儿。婴儿天天啼哭，邻居们保持沉默。

而他们的大狗叫唤了，被当面声讨，指责吵得人不得安宁。物种不平等，这是地球上的社会现实。

我也留意新闻报道，有的人视狗如命，也有人大啖狗肉。人各有志，一个人如果不能够习惯世界的多元化，就会处处看不惯，成为可厌的人。至于虐待小动物的人类，更需要的是心理援助。每种残忍背后，都有心理的缺失。

它被送走的地方是学校，有学生重新收留了它。据说狗这样的动物会因为主人的舍弃而不再彻底信任人，这是狗的心理学。狗比人寿命短，由此，它也必然没有几年，就会老去，老死。我陪伴了它的童年，可惜不能陪它到老了。

想到这一点，我愈发清醒。所谓爱，沉重而轻微。爱的本质，是接受真实的对方和自我。

真实的我们，往往弱小，无力，胆小，难以坚持付出。唯有不断扶持鼓励，才有勇气一直守望，白头偕老。

爱上悲伤

青春如此美好，因为它全部的悲伤，都来得及被我们仔细地伸出舌头舔尝滋味。在岁月粗糙我们以前，在光阴僵硬灵魂以前。

我很喜欢那部日剧 *my boss my hero*。中文意思是，我的老大，我的英雄。

一个混沌未开、还不懂得什么叫悲伤的 27 岁大男生，被当黑帮老大的父亲送去高中重新念书，作为继任之前的锻炼。主角是由曾经的偶像少年长濑智也，出演 27 岁的黑帮老大真喜男。

从进入学院，他要假装是个 17 岁少年那样重新开始。你看，27 岁男生的强壮，还有黑帮新老大的强大，足够他在校园里显露风光。当然，他的功课很糟糕，需要朋友的帮忙。

青春所以美好，也因为友情在这个时候来得纯粹简单。另外一个叫樱小路的男生，一路成为了他的朋友，帮助他，关心他，站在他这一边。友情的味道，好比汽水，解渴。

而这个时候，哦，还没有尝试过真正恋爱的真喜男，终于遇到了心动的女生小光。彼此的靠近里，喜悦与甜蜜如影随形，又如此令人沉迷陶醉。

然而，小光告诉真喜男，自己最恨黑社会，最讨厌暴力，因为当初家里出事，高利贷来找他们，父亲被一群黑社会打成重伤。真喜男犹如遭遇晴天霹雳，晚上两人走在路上，正当真喜男有话想对小光说时，一群小流氓骚扰小光，原本打算打趴这群小流氓的真喜男想起小光那番话，不还手让他们打，却也不肯投降，最终小流氓们被真喜男的气势吓到了，自己走掉了。

从这天开始真喜男就一直躲着小光，就连小光的邀约也不肯去。某天早上小光的弟弟来找真喜男，希望他帮忙把小光的决胜笔送给正要参加考试的小光，得知自己居然成了小光的英雄之后，真喜男奋力赶往考场。但随后小光的邀约，他却让樱小路去帮忙拒绝。

他躲到学校，跟老师坦白，痛苦地哭了起来。你喜欢的人，一开始就讨厌你所钟爱的选择。爱情的味道，太复杂，该怎么办？ 27 岁的他和他的身份，终归不属于这个 17 岁的透明心田的世界。

真喜男班上的班主任，24 岁的南百合子，站在黄昏暮色弥漫的教室里，不知道如何安慰哭得满脸泪光的真喜男。班主任南百合子其实也开始悄悄对真喜男有了爱慕。她的心里，也迷漫起无尽的悲伤。作为一个老师，怎么好爱上自己的学生呢？

这个打架勇猛无比的男生，哭得还不如一个 7 岁的小男生。

但是，男生的眼泪，是成长的真谛。

成长带来喜悦，也带来痛苦，它们是双生子，是硬币的两面。

他们两个人静默地坐在教室里，找不到答案。只有悲伤，悄无声息又铺天盖地诞生。许久，许久以后，南百合子只是望着这个成长期迟到的男生，在最美好的夕阳光线里，缓慢而哽咽地跟他说：“明天也来学校。有过受伤，有过痛苦，但是，即使如此，也来学校吧。来这里学习、聊天、吃饭。有一天越过了这种悲伤的时候，你肯定会比现在还要坚强。那才是真正的坚强。”

青春如此美好，因为它全部的悲伤，都来得及被我们仔细地伸出舌头舔尝滋味。在岁月粗糙我们以前，在光阴僵硬灵魂以前。

主角终会毕业，成为真正的老大、真正的英雄。观看主角故事的你呢？也会结束青春期，永远毕业。也一定会遭遇像主角一样的悲伤。

越过这种悲伤，变得坚强的时候，你会爱上悲伤，一直回味悲伤的味道，那是一个人在懂事以后，情动之时，毫无保留地付出全部心力和灵魂去深爱的最初体验。

百年不孤独

一切的一切，隐隐流淌着同一种情怀，越过百年而至无尽光年的新陈代谢，越过死亡与新生的自然规律而生生不息。在宇宙中原本无限孤独的个体生命与事物，因此而并不孤独。

你知道蔷薇叶已抽是什么意思吗？让我把原诗找出来，请跟我一起读一首一千年前的五言古诗：“尔从山中来，早晚发天目。我屋南窗下，今生几丛菊？蔷薇叶已抽，秋兰气当馥。归去来山中，山中酒应熟。”

这诗本是一首田园牧歌，但却叫人浮想的很多。中间第五句的意思是说，蔷薇的叶子长出来了。植物抽叶，花朵也开始孕育。这个时间是在三月至四月。然后，五月到六月，盛开。七月呢？凋谢。

凋谢之时，便是告别之时。

这种花像不像一支毕业告别的伴奏曲？我在我的大学母校，时常经过一片蔷薇园。目睹它们发芽，抽叶，开花，绚烂无伦，之后，渐次凋谢。每到此时又一拨毕业生要离开母校，投奔命运，流落在世界的各个角落。我在凋谢枯萎的花朵面前，沉默了片刻，跟它们再见。好运。

不止是花开，不止是毕业。成长源自告别。就像种子要离开母体，小孩子要离开家。植物开花，花粉传播，再留下果实，果实也就是种子。2009年6月看《南方周末》上的新闻，看到一则“通用汽车宣布破产。今年101岁”。对历史有了解、对世界工业历史有一点点了解，或者是对汽车有癖好的人，都知道通用。那是工业文明时代的一枚象征。它熬不过全球经济危机，破产了。在通用汽车宣布破产当天，三名政界人士表情肃穆地参加了支持工人的集会，为国家汽车工业祈祷。其实，我仔细端详照片内的人物表情，何止肃穆，简直是无比悲情。

我的脑海里蓦然冒出一句话：“百年相交，终须一别。”

这句话出自徐克导演的《蜀山传》。斩妖除魔的两大高手玄天宗和丹辰子，在劫难来临时刻，相对微笑，各奔前路。分别之前，有一句慨叹，就是这句“百年相交，终须一别”。即便是有一致的理想与志向，但每个人的路程，仍然只有自己一个人去走。所有路途上的陪伴者，回头看都是转瞬消逝。唯一区别是时间先后。

今日的离别，明日不会再见。或者再见，以数年、十年、数十年，乃至百年为单位。不过一百年之后，我们都成为灰烬了。

地球上有历史的国家都爱嘲笑美国，这个国家建国短暂，文明只有两百多年。虽然领袖现代，为第一强国，但是，没有哪一次的挫败，比这次严重。911不过是外在的攻击，反而激发了英雄主义，还给了美国推行霸权战争的口实。而今，最有文明象征意义的大公司，像通用这样的，挨个儿破产，才是真正的悲伤情怀。百年一别的心情，这次美国人也可以体会到了。于这种反复的历史情感里，见证的是沉甸甸的心理历程：必须以成熟之心，来面对悲伤与挫败，明日才能重新站起来。

就好比中国，文明不割断，一直绵延下来，其实是因为历经许多次的百年之别兴衰更替，有一种潜在的心智成熟，反而可以理解接纳这些文明的变迁起伏太过平常，更具坚韧。

从花，到人类，到百年老公司，到家园国度，到星球，到宇宙，都是如此。恒星也会灭亡，星系离散，坍塌为黑洞。

不过，即便如此，却还是可以慷慨振作。恰如今年蔷薇开而谢明年有新的花开，毕业唱起骊歌后有陌生崭新的未来，恰如父母衰老而有孩子的诞生，恰如破产公司会有重组，恰如文明零落会有复兴，恰如宇宙内不断有恒星死亡又有星系的新生。就连宇宙，天文和物理学家也猜测，有过多次的灭亡与诞生。

我只觉得，一切的一切，这当中隐隐流淌着同一种情怀，越过百年而至无尽光年的新陈代谢，越过死亡与新生的自然规律而生生不息。在宇宙中原本无限孤独的个体生命与事物，因此而并不孤独。

第九章

当梦想照进现实

世间的人总是认为能够瞬间实现的才叫梦想，
但那些东西其实什么都不是。
只有每日每日的积累才是促进梦想实现的源泉。

有教养的细节

对待小事情的态度，泄露了不同的心态，最能看出一个人有没有教养，做事是否认真。

有一年，我受一个出版界朋友所托，帮他选编一套丛书。这套书的定位是收录不同行业的社会精英和名家的演说稿。

我选了几篇自己也很喜欢的发言稿，去找这几篇发言稿的作者取得授权。这个过程，很有趣。

比如我给创办了科学松鼠会的姬十三先生写邮件。他的回答非常吻合科普人士的职业身份，他回复说："抱歉啊。那个演讲已经过去很久了，我不想出版。所以，请勿用。"

这样挺好，简单明确地拒绝，很有效率。在拒绝之前，礼节性致歉一下，非常完整了。

然后，我给吴小莉女士致信请求授权。吴小莉女士是凤凰卫视频道的主持人，因为在朱镕基总理的记者招待会上被点名回答采访而名扬天下。

她的回信是经纪人负责的。不过她的经纪人说，会先跟小莉老师沟通，请等回复。

几天之后，我收到了回复，吴小莉女士同意演讲内容被收录到书中。不过因为相隔了近十年，她将演讲的原文做了一些小小的修改，把新稿和授权书一起发来。

那篇演讲稿针对的是大学生，谈到了中国驻南联盟大使馆被炸后，她和同事紧急制作了“中国人今天说不”的节目。其他内容相对比较轻松，比如她第一次开始做电视的经历、参加毕业典礼要不要化妆等等。

吴小莉女士如此细心重新核对修改内容，倒是很出乎我的意料。

传媒人特别知道传播的属性，对于会印刷在书里的正式出版文字，非常认真。一旦出错，白纸黑字，再修改就特别麻烦。

这是一个成名多年的专业电视人的职业操守，我很佩服这份严谨细致。

紧接着，我就收到了管笑笑女士的回复：“感谢您的好意，但由于版权归属原因，目前我父亲无法进行授权。”“沈老师您好！版权归属是这样的，这篇文章我父亲已与第三方签订专有使用协议，还需要等合同结束。谢谢您。”

她的父亲是莫言，莫言先生本名姓“管”。

莫言先生在获得了诺贝尔文学奖之后，成了各大出版社竞相争夺的对象。他的女儿管笑笑负责处理日常版权事务，两次回复，都解释清楚，客气礼貌。

凡事就怕比较。紧接着收到的另外一位娱乐圈明星的回复，就没有这么斯文有礼，文质彬彬了。对方的回复是：“××× 不授权任何内地出版。”

很明显，这是撒谎，这个明星的文字公开出版过，并且回信就是硬邦邦的那一句话。

这么一对比，文化与教养真的是密切挂钩的。至于是哪位明星，我就不提名字了。

最后收到的是葛剑雄先生的回信。当时他还是复旦大学图书馆馆长、全国政协常委。他表示同意授权。

但是葛先生和别人做法都不一样，他提供了一份书面的授权书，邮寄到了武汉。

那是他本人亲笔写的信，有签名，填好了日期，还有书信抬头、落款，完整齐全。

邮局通知我去取信的时候，我还纳闷：这个年代，谁还给我寄实体信件？想不到居然是葛先生的授权书。收到之后，我转寄给北京编辑中心那边。

事实上，那套书的收录稿酬非常少，只有千字 100 元。这对于成名人士来说，几乎可以忽略不计。邀约信里对于授权书的要求是，邮件回复授权、手机拍照或电子扫描即可，这比邮局寄信简单太多了。

日常工作中，我跟很多的作家同行打交道，提供授权书都是手机拍照，或者邮件约定。

有些更年轻的作者，给我提供授权书的时候，要么忘记落款，要么没写日期，要么格式不对。真的，照着给出的样板授权书格式，都有人写错。我不得不要求对方再次补上。

我是通过微博私信联系上葛先生的，可见他并不是不熟悉电子网络的使用，如果求方便，完全可以避开书面模式。但他没有。

对照葛先生，老一辈学者做事一板一眼的细致，我心底相当感叹，肃然起敬。

马克思说：人是社会关系的总和。

每个人做事风格不一样，如何处理事务往来，处理跟他人产生的工作联系，说明这就是什么样的人。求人办事，多用敬语。拒绝他人，多用谦辞。

这些不过是小事情。但是对待小事情的态度，泄露了不同的心态，最能看出一个人有没有教养，做事是否认真。

什么是反面教材，什么该学习借鉴，一目了然。

欢迎来到成人世界

没有智慧和力量，我们无从捍卫爱。

《奇幻森林》这部电影如果从俗套的角度去看，你看到的是童心，是正义善良战胜邪恶，但放回生活对照，你会发现，内在的主题是欢迎孩子融入成人的世界。

这世上有一种最为媚俗的做法，那就是贬低成年人的世故，一味地歌颂孩子们的天真。

《奇幻森林》非常诚实地揭示了真理：那就是爱必须拥有智慧，拥有成熟世故的经验，才能对抗权力，在内心保留珍贵的天真。

在生动活泼的故事里，小男孩和他的伙伴团结起来打败了敌人。实际上，男孩毛克利和森林法则，对应的就是人与社会。

雨季时期，动物繁多，大家遵循弱肉强食。枯水季节，大家抱团喝水，停止猎取其他动物，留一线生路。这是什么？这就是现代社会契约文明的源头。如果大家不想相互残杀撕咬吞食，一起完蛋，那就要遵守规则。人类的智慧和理性由此进化而来!

老虎对应权力。当他发觉自己的权力受到了威胁，哪怕有吃的，也要弄死毛克利，因为人类懂得使用火这个工具，迟早剥夺老虎森林之王的地位。老虎被人类用“红色之花”烧伤过，在脸上留下疤痕。老虎见识过成年人，所以知道小男孩必然会长大成人。只有提前消灭小男孩，老虎才能安心。

为此，老虎不惜挑拨母狼和小狼的关系。老虎把猎物羊肉给小狼吃，给小狼讲述布谷鸟的故事，洗脑从娃娃抓起。

布谷鸟不做窝，不孵卵，而是采取寄生的策略，把别的鸟的蛋推开或吃掉，把自己的卵产在巢穴里，让别的鸟抚养自己的孩子。布谷鸟的中文名字叫杜鹃。鸠占鹊巢的成语就是这么来的。

老虎给幼狼讲布谷鸟的故事，是个极为阴险诡谲的做法。它就是在暗示：人类小孩毛克利夺走了母狼的爱和食物，毛克利不是好东西，好让大家排挤毛克利。

这样的行径，只有人类玩得出来。然而电影偏偏就设计了这样的情节，在奇幻故事里，把重要的人生经验传递给青少年观众，太值得尊敬和赞叹。很显然，创作者不想拍成弱智的儿童片，而是要尽可能把人性的灰暗展示出来。看过了这一幕，学到聪明的孩子，就没那么容易被人挑拨离间。

迪士尼是世界上最大的造梦王国，云集一大批给孩子设计幻想故事的顶级大牛，一部又一部电影，传颂十几代人。就因为迪士尼不是单纯地表现童心，还藏有内在的深刻。

蟒蛇对应的是虚伪和贪婪，它伪装得十分亲切和蔼，但它就是想迷惑毛克利，在他放松警惕后，一口吃掉这个人类小男孩。

这又是人生必修课。看起来温柔的，未必真心，比如我们会遇到很多动不动谈情怀的人，说着你爱听的话讨好你。情怀偶尔一谈，那是真心流露。总在你面前谈情怀和爱，那可就要小心了。这多半是骗子，想忽悠你。因为忽悠的成本最低，动动嘴皮子就行。

那些教你世故的人，反而是真好人。因为不忍心看你上当受骗，忍不住说出真相。满口要你不忘初心的人，往往他自己正在用各种手段大把捞金，根本不管你在这个残酷世界上会撞得头破血流。

然后熊出现了，一巴掌拍开蟒蛇，夺走了毛克利。

熊对应的是智慧。熊是个世故精明的商人，也是个狡猾的自由主义者，遵循利益交换法则。它帮助小男孩，然后借助小男孩的人类智慧，设计工具吊篮，为它摘取大把大把的蜂蜜。森林里的熊根本就不冬眠，但它为了达到目的，哄骗小孩撒谎了，利用了人类男孩的同情心。

不过，吃饱了蜂蜜的熊，唱起欢快的歌。自由主义者其实大多是一些好人，他们信奉交换，而不是统治奴役，只求吃饱和作乐。熊和小男孩在合作相处过程里建立了感情。于是熊成为了毛克利的忘年交，一起在河流里洗澡，一起漂流唱歌。

熊是我们生活当中的某一些长者，见识过身边老虎一般的凶残奸诈、蛇一般的虚伪贪婪，就把真心隐藏起来，过好自己的生活，轻易不会主动伤害他人、撕破脸。但是遇到值得真心以待的人，就会真心对待。

母狼对应的是爱，是母性。它收养了人类小孩，建立感情，保护这个孩子。但她的力量最为弱小。狼群的生存依赖族群，所以它们每天都要背诵口号。母狼是毛克利的信仰，是他在森林里的家人，爱和归属，是家的最高象征。

黑豹像一个旁观的智者。最先就是黑豹救了毛克利，送到母狼那儿养活。然后也是黑豹护送毛克利离开森林，回到人类村子里去。老虎和毛克利终极一战，也是黑豹提醒男孩，你不是狼，你应该像人一样，运用聪明头脑去战胜老虎。

于是毛克利冲回失火的森林，找到藤绕腐朽的大树，布下陷阱，引老虎进火坑。万物之灵是什么？是人！森林里的图腾大象们，面对小象坠落山涧束手无策，是毛克利切割藤蔓帮忙把小象拖上来。

老虎煽动动物们仇视毛克利，但毛克利把火把丢进水中淹灭，冒着生命危险表明态度，自己就是森林的一分子，用行动粉碎了老虎的诬陷。

还有猩猩王，根本就是活生生的野心家嘛！它不缺吃，不缺权力，统治了千百只猴子。

猩猩王唯一缺的，是更大的权力。它不像老虎那么低级，采取的是威逼利诱的策略，想跟毛克利合作。掌握了火，就能控制森林，甚至抗衡人类，开拓更加广大的疆域。

这是比老虎更加野心庞大的家伙。猩猩王的强大，体现在电影的形象构造上，一眼看去，堪称森林里体积最大的动物，比熊都大几倍，这又是极为鲜明的对比。邪恶总是凭借力量而成为邪恶。

没有智慧和力量，我们无从捍卫爱。毛克利是在熊的调虎离山、黑豹的搏命保护之下，才逃出猩猩宫殿。猩猩王暴怒之下，上蹿下跳去抓小男孩，毁掉了石头宫殿，结果压住了自己。

这些加起来，就是我喜欢《奇幻森林》的原因，它虽然是一部儿童主角的电影，却一点也不抗拒成人世界的规则。很婉转地讲故事，却温和地说出真实。它是真心希望孩子们长大，聪明勇敢有力量，而不是变成傻白甜的呆瓜。

你是个年轻人，就应该野心勃勃

对欲望不理解，人就永远不能从桎梏和恐惧中解脱出来。

1

我的一个记者朋友。他拼搏在深圳，天天坐飞机去各大城市采访明星，写一些自己都不喜欢的稿子，辛苦得不得了。有时候两天才能睡四个小时觉。

有一天，他在聊天时候叹息：“哎。人生好绝望，明天一早还要去医院。累得扁桃体一直发炎。”

我反问他：“不买房就不绝望了，不谈恋爱就不绝望了？”

他说：“与房子恋爱无关。”

我就问他，“你到底追求什么？你有什么梦想？”

他回答：“我想有很多很多的钱，非常有安全感，然后无所事事地生活。”

我当时笑了。因为太巧合了，多年前，我也跟他说过这样的话。

我确信我的这个朋友，会继续坚持工作赚钱。

我不相信，他真的能够忍受无所事事的下半生。

2

跟那个朋友聊天后的第二天，他就晒了一张五星级高档酒店里的游泳池照片，感叹自己还没学会游泳。

看，人多么有趣，常常是“没事想折腾，累了就哼哼”。

我们的抱怨有时候是对生活撒娇，对自己撒娇。

其实，也真的有一些人，不愿意参与社会的竞争，不喜欢和人打交道，喜欢清清静静自己待着，甚至干脆退出江湖。

我这个人，也想着就写点东西发呆，不愁吃喝。

不过，我们还是要吃饭住房穿衣，时不时还涌起别的渴望，吃更加高级的，喝更加丰富的，住更加舒服宽大的房子，穿更加精致的名牌。

如果你能节制欲望，降低到极为简单的地步，远离精彩人世间，那么你只需要有父母馈赠的丰富财产，或者自己赚到一些生活费，就可以达到理想，过上自己想要的生活。别人怎么说，不去听，不理睬就是了。

可惜，压缩欲望比赚钱还难。

如果做不到最大化压缩欲望，你还是得先勤劳致富，然后换自由。

世界上有真的隐士，真的修行之人做到清心寡欲，只做一两件事情就生活着。但难度特别高，高过追逐欲望。这种人，一般年纪都挺大，从肉体上就衰老了，心理更加是进入暮年静养的阶段。

梦想可以是房子、车子、喜欢的人，梦想也可以是当医生、当警察、当外交官。

梦想更加可以是从小城市到大城市，从温饱到小康，从小康到中产阶级，从中产阶级到大富豪。

梦想还可以是成为明星、成为大慈善家。

家在小镇的表弟念完大学以后，就对他的爸妈说，以后绝对不会回去了，要么在南京买房，要么就在附近的小城市买房。哪怕他在小镇的家有几百平方米，下楼就有吃有喝，宽带、超市一个不少，可以住得舒舒服服。

可是他在大城市读了大学，见识了世界上的热闹，大开眼界。老家顿时变得又小又窄，郁闷之极。

我的远房表弟，逼着家人咬牙卖掉了通州的房子，换到了北京市区。

李连杰主演的那一版《笑傲江湖》里面，他总是念叨退出江湖。可是任我行道破真相："退出江湖？如果你的下一代抵受不住练武的诱惑，再拿起剑闯荡江湖，你能阻止得了他们吗？"

同样的，年轻人无法抵抗大城市的繁华诱惑，因为生命的本质就是欲望，人类前行靠的是一代一代年轻人的热血。

体能巅峰，元气旺盛，大脑极其活跃，肌肉强壮，海阔天空，野心勃勃。这一切都是人类进化为闯荡江湖而准备的。

梦想也不是什么遥远的东西。

梦想是欲望的文雅说法，就是我们想要的东西。

我们还想折腾，还有梦想，最大的原因，就是身心还年轻，还有欲望。

3

想让年轻人像老人一样清心寡欲、放弃竞争？其实也有办法。有个医学院出身的心理专家介绍过：

打了镇静剂，情绪消灭了，基本上心如枯井。

做个缩胃手术，吃得就少了，没力气出来闯荡江湖了。

融掉肌肉纤维，把血液酸化，身体就虚弱了，再也不会精力旺盛争强好胜了。

给年轻男人每天吃几毫克雌激素，连性欲都消退了，彻底无欲了。

可是废掉了年轻人，熄灭了欲望，也就毁掉了这个世界。

所有的国家都害怕进入老龄化社会，因为人口比例老化，就会失去活力，失去进取心，经济、文化各方面都面临衰退。

你是个年轻人，你拿起你的利剑，修炼自己的本事，去大城市闯荡江湖，寻找自己的一席之地。

梦想没有高低之分，只看你是否为它去做了什么。印度哲学家克里希那穆提说："对欲望不理解，人就永远不能从桎梏和恐惧中解脱出来。如果你摧毁了你的欲望，可能你也摧毁了你的生活。如果你扭曲它，压制它，你摧毁的可能是非凡之美。"

我发现，我越是努力赚钱，获得名利以后，我反而越多自由平静的空隙，得以享受写作发呆，写一写自己喜欢的不换钱的东西。

这就是人生最大的真相。

树叶上的菩提

你的山中菩提，渗入我的人间事物。各求各人道，有选择自由，乃是至佳的价值观。

岁末去友人家做客，一行人除我之外，都是佛学亲近者。我的那位友人，常常去寺院参加修行。他们聊天的主题我难以融入，就让友人找点读物给我消遣。

结果友人给了我一本画集，一翻，我看入迷了。画中有罗汉，有佛偈，有菩萨，有山水，甚至还有几首小诗，好玩的是，原作与画纸无关，全都存在于树叶和葫芦之类的东西上。

友人小川兴冲冲跟我解释，作者是明鉴大和尚，这位大和尚特别随和活泼，在佛门中挺少见。友人的母亲犹在旁边念叨，这个法师写的东西我看得懂，学得来。以我一个旁观者来看，恰恰涉及心理学范畴里特别有意思的东西。

别的出家人怎么度过的，我想象不出活动的场景，也不敢太过冒犯，胡乱揣测，但是看那本画集时，树叶上的绘画摆在眼前，完全可以一一映照。我脑海里忍不住浮现出画面。

多半是炎夏之后，秋分之际，各色树木开始落叶。一个大和尚读书诵经、打坐静思等等的功课也结束了，寺院在山中，而山中岁月对于他来说，还是有余暇的。于是，大和尚弯腰拣起泛黄的叶子，探手摘下青色小葫芦晾干，用最简单的炭笔，或者根本就不是什么专门的用笔，而是烧过的一截木枝，香烛的几分烟熏积黑，手指蘸了，涂抹几笔。

有的法师专心于勇猛精进、持戒苦修，所写的文章谈论戒律章节条款明细，入佛门如何跪拜，不得从礼佛者面前经过，还要注意清洁身体各个部位，以免亵渎，令人望而生畏，毕恭毕敬。

也有的法师生活气息浓郁，知情识趣，有艺术家渊源，乐得禅在生活中，好比在树叶诸物上画画的明鉴法师。

还有的法师，譬如那位红透半边天的延参法师，一开腔就是心灵格言的风味，一套一套的。据说他出家前是杂志编辑，算是地道的我辈文字工作者同行，听他说法，特别有亲切的感觉。

现代社会大家有宗教信仰自由，不去信仰，也可以当成一种文化去接近，安抚内心。法师都是各式各样的，通往彻悟境界之路又怎么会唯一呢！这反倒为人性卸下枷锁。各求各人道，有选择自由，乃是至佳的价值观。

最后我交底，我提到的特别有意思的东西，其实就五个字，原来只是懒。懒，即是最根本的人性，也是一切文明科技的第一推动力。一江春水向东流，不过是顺势而下。一味苦修永远是少数个人的选择，难以普及；过于世俗乖巧，其实也失去了出家人的独特况味意蕴。走向人性的平定，多半还得由此及彼，你的山中菩提，渗入我的人间事物。

蝉在高歌之前

世间的人总是认为能够瞬间实现的才叫梦想，但那些东西其实什么都不是。只有每日每日的积累才是促进梦想实现的源泉。

我有一个真实的故事，关于梦想照进现实。

1

在一个山西小城，1998年的春天，一个活泼好动的六岁女孩，独自在她家附近玩耍。

像所有小孩子一样，她做着斑斓多彩的梦，喜欢好吃的，爱玩。不知不觉，她跑到梯田里，不小心摔下来。命运忽然闭上眼睛。

回家以后，这个小女孩昏沉沉睡着，父母心急如焚地带她看医生，去市医院，去省医院，去北京天坛医院。

专家诊断结果为：休克性精髓损伤，俗称，截瘫。

她无忧无虑的童年就此结束。

被诊断为截瘫的小女孩，随着父母多年在外求医。

求医路上，沉重的医药费让这个小家庭无力承担。为供姐姐、哥哥读书，她的父母再无更多精力负担她的教育。

学校，也难以收纳一个截瘫的女孩。

就这样，她与学校彻底无缘。

2

在 2013 年的夏天，我出版了一本小说集。这些年，我的联系邮件，公布在我的个人博客上，于是我收到成千上万各式各样的来信。

某一天，我突然收到一篇书评，正是写那本小说集的。

书评的文笔虽然还带着稚气，但对我的历年作品如数家珍，特别熟悉。某些句子，甚至说中了我当时写作的心情。我当时心想，写得挺好，可是不大符合报纸书评版的格式。

我在想，要不要修改一下，推荐发表。犹豫之间，我的目光落到邮件的末尾，我发现她附带了一段小小的文字简介，关于她自己。

这个女孩说，她没有上过一天学。

我很惊奇。

这是个有天分的女孩子。

我给她回信了。

3

有一次，我看一个纪录片，主角是日本的天妇罗之神——早乙女哲哉。他专心专注，把一种食物做到美味。

其实，作家和厨师是一回事，都是手艺工作者，不能假借他人之手，必须亲力亲为，并且必须耐得住寂寞。

天妇罗之神说的几句话，我特别喜欢："现在的人总是急于实现梦想，包括中彩票这种不切实际的事情，我认为这并不是梦想。梦想如果不打好基础，就算实现也会很快崩塌。每天脚踏实地的积累，才能成就梦想。"

作家都是自恋的，都不喜欢搭理别人的文字，但是，2015 年我监制了一本别人的书。

这本书的作者，叫林深之，就是那个没上过一天学、从梯田摔下来、从此坐在轮椅上长大的女孩子。

她称我为老师。但其实，我只是觉得她有潜在的才华，恰好遇到了价值观相同的我。

我当时这样问她，你愿意在自己真正的作品诞生之前，忍受比较漫长的积累时期吗？

她说愿意。其实我看出来，她怀着惴惴不安，但她选择了这样去做。

她想成为一个作家，于是她日积月累地写。给南方周末写电影评论，给老牌的文学杂志写散文，也给畅销的时尚杂志写小说。

在她有了自己的书之后，也仍然是轻描淡写地处理自己的故事。

那时的她，不太能活动，只能勉强蹲着不倒。有时候，她的妈妈抱着她坐在一个地方。

那时老房子周围还没有被开发、被修建，大门前面有一大片荒地。她一直等待着有一天，哪位医生能够治好自己的双腿，让她重新恢复走路。

春天，她蹲在门口等苹果树发芽，摘毛毛虫来玩。夏天，她蹲草丛里等着抓螳螂和瓢虫。她只能蹲着，无法站立。

秋天，她等草干了蹲在土地里烤红薯土豆，冬天，她蹲在门口等下雪……

终于，她坐在轮椅上，从小孩变成少女，度过漫长的青春期。

一个人经历了这么漫长的苦闷，失去行走的自由，选择自学，写作、投稿、努力，甚至文章获得了发表，虽然起初文字只是发表在小刊物上。

她本来就足够坚持。

我相信我的直觉判断，这个女孩，就是早乙女哲哉所说的能够实现梦想的那种人。

4

但是在她的眼里，我是这样一个形象："作为长期要向他学习请教的人，好像有很多人觉得，能够跟他交流一定很精彩很有趣，但其实恰恰截然相反，在认识不多不少的这两年里，他给我的印象是一个非常简单的人，说话言简意赅，说完就消失得无影无踪，想要再找他，必须把微博、微信都留言一遍。

"记得刚合作那会儿，我什么也不懂，为了磨炼我这个新人，他布置了很多任务给我，我非常诚恳地告诉他，这本杂志很大牌退过我很多稿，那本杂志很有名，我连试都不敢试，他很淡定简单不容置疑地告诉我，攻下它。

"就这样，那段日子我疯狂写稿，最后成功把那些杂志写在了自己简历里。

"不得不说，老师确实深知玉不琢不成器的道理。想起第一次新书跑活动，紧张半死的我，用手机问他有没有经验分享，他只回复了我四个字——随便讲讲。就是如此简单粗暴的一句话，让我一半紧张都消掉。”

她说的，都是真的。

因为写作这种事情，真的教不来。我只能鼓舞她，催促她，推荐她，但我不能代替她实现自己的梦想，因为我也做不到。

谁也没办法把石头变成玉，我们只能把璞玉琢磨为玉器。

我猜，是我的强硬态度，把她的潜能都给逼迫激发出来。

5

蝉要让大家在夏日听到自己的高亢歌唱，它先要忍耐那些地底的沉闷辛苦。

当别的孩子花着父母的钱，嚷嚷着青春，嚷嚷着旅行。她不分白天黑夜地敲出文字。

当别的年轻人上网诉说苦闷，她在积累自己的工作履历，兼职做编辑，自己赚钱。

时间用在哪儿，是看得见的。

这也是我对她的褒奖，哪怕是在接受电视台采访时，我也是这么说的。

她一直认真写作，而不是让自己的生平经历压倒了创作。

十月初秋时，我比她先拿到出版的样书，那天，我手机拍图发给她看。然后，我在微信语音里，听到她的万分激动和欢呼雀跃。

这是她人生中的第一本书。

早乙女哲哉还说：“世间的人总是认为能够瞬间实现的才叫梦想，但那些东西其实什么都不是。只有每日每日的积累才是促进梦想实现的源泉。”

这本书，叫《女孩，你要好好爱自己》。

没多久，出版公司的编辑主动找到我，想要再出她的书。

她就继续一字一词，一篇又一篇，点滴积累，成为源泉。

深夜里，我和出版公司的编辑在手机上聊天，敲定了她的第二本书。

6

我一直觉得，沉默才是最有力量的。但是沉默不代表无所作为，沉默意味着不喧哗吵闹，不喋喋抱怨，而是静静地低头做好手里的事情。

一个人的心没有受限，哪怕去不了远方，坐在轮椅上，也仍然可以见识这个世界的广大。

这样一比较，那些没经历过真正的痛苦、却在书里无病呻吟、迷茫孤独的作者，太矫情逊色了。

我一直相信，只有真正的勇者，才能书写真正的勇敢。越过迷茫和矫情脆弱，成为顽强牢靠的人。

这种人坦然面对自身的苦难，敢于书写苦难，但绝不炫耀苦难去打苦情牌。

在自己的作品出版之后，很多知名报刊和媒体报道了她。她在太原书城，有了自己的第一场签售会。

我觉得这不是命运的奖赏，这是她亲手编织，献给自己的花环。为自己的人生寻找光亮，创造光亮，这样的人，可以称之为勇者。

罗曼·罗兰在给米开朗琪罗写传记的时候说：“并不是普通人都可以在高峰生存，但是可以一年一度上去顶礼，从中可以获得日常战斗的勇气。”

至今，我们素未谋面，除了她给我寄过一次“三只松鼠”牌的坚果大礼包。

好吧，我们都算是大吃货。

但这止是我的态度。

请用才华和努力证明自己，投递零食可以，其余苦情牌则免谈。

拥有好看的优质作品，令磨难成为成长的一部分，这才是最值得表扬的。

她是一个活生生的例子，让梦想照进现实的例子。这个没有被不幸击垮的女孩，开始了闪闪发光的新旅程。

为什么你听了很多道理，却过不好此生

有一颗柔软之心，才能去接纳和不断调整，少一些僵硬顽固。这才是真正的成长。

在我的大学时代，体育课让所有同学都很头疼！

按照规定我们的课程一共有 22 个项目，有跑步、跳远、单杠、双杠、投篮、游泳、踢毽球，甚至还要倒立和学武术打拳。有的男生体能很不错，而且还是学校足球队的队长，上课之前自信满满，结果踢毽子没及格。有的男生长跑非常厉害，但是下了游泳池，怕水怕得就跟落水猫一样。

至于我自己，踢毽子也没有及格。但是连我自己都没有想到，我的游泳竟然及格了。

在此之前，我都没有学过一天游泳。体育老师教了我们几个动作，逼迫着大家下水。一个班 30 多个人，根本没办法一个一个好好教。之后体育老师说，只要能够浮起来，游到对面的岸边，哪怕是狗爬式也让你们及格过关。

就这样，我自己摸索着学会了游泳。我就像一只青蛙，笨拙地游到了对岸。毕业之后的十几年，我夏天常去游泳。每次都全身疲倦，坚持得非常辛苦。但我又想坚持去游泳，游泳的好处太多了。对于我这种作家，比较缺乏有强度的全身运动，总是在写作，肩膀、颈椎、手腕过度疲劳，肩周炎、颈椎病、肌腱炎，通通都有，而且随着年岁增加越来越严重，游泳恰好可以改善这些病症。

讲到这里，你可能以为我要强调的是，控制住自己，坚持锻炼身体。其实，我想说的是我遇到的另外一个真实的故事。

去年年底，我家附近开了一个全新的游泳馆。这个游泳馆号称全自动净水循环，并且冬天寒冷时候，足量开温水。很多游泳馆为了节省费用，并没有足量放热水，我以前常常去的某大学游泳馆就是这样的。我在这家新开的游泳馆里面，一身疲惫游了 1000 米，爬上岸。我对自己说，又坚持运动锻炼了，累也值得。

旁边那个年轻的救生员男孩终于忍不住了，他跟我说："我看你常常游泳，是办了卡的吧！"

我说："是啊！"

他接着说："但是我看你每次都游得好辛苦，是刚刚学的吗？"

我有点不高兴："怎么会呢，我游了十几年了。"

他说："那你是不是感觉游得很吃力？"

我吃了一惊，点头说："是啊！"

他告诉我："那就是因为你用的姿势错了啊！"

我心里在想，这家伙该不会开始想推销他自己的教练课程吧！平时常常在健身会所遇到这种教练。只要你继续跟他聊下去，他就会给你说，有什么样的课程适合你、要收费多少。我倒不是觉得不应该收费。每个人的知识劳动都有它的价值。我只是知道这里面有很大的价格忽悠，以及我对人性有所了解，大多数人都很不喜欢自己运动或者做事的时候有人在旁边指指点点，而且交钱了以后，也很难坚持下去。

像我这么讨厌运动的人，能够坚持去游泳，已经是莫大的奇迹了。要是让我再交钱去上什么课程，比如游泳课，最后肯定是浪费。

结果这个救生员就说："你可以找教练上游泳课，学一下专门的正确姿势。像我们都是体育学院毕业的，可以教你。"

我就笑了，果然如此。我正打算拒绝他，他已经直接趴在地上，一边演练动作，一边解释应该怎样划水。这是个很年轻的男孩，也许他脸皮太薄，虽然公司培训了怎么搭讪推销，但他还不好意思死缠烂打。

另外一个原因是，他熟知正确的游泳动作，对我的错误游法，实在是看不下去了。

"动作不要太匆忙，换气的时候等待三秒钟，自己利用水的浮力，浮上来换气。

"划水的时候，大腿要收拢、小腿要打开画圈圈。这样才能保证下半身重心一直在下面，反推力往前。"我照着他教我的游起来。

第一次觉得别扭，还有点手忙脚乱。

第二次纠正换气，但是没有纠正小腿，更加费力。

第三次都纠正过来了，但还是没能找到那种感觉。

我休息了十分钟，他下水又示范了一下。第五次的时候我找到了感觉。

啊，不知不觉，我居然游了二三十个来回。最后上岸的时候，全身很舒服，并且觉得精神抖擞，一扫过往的疲惫不堪。

直到这次经历，我才真正地喜欢上了游泳。

原来，我可以全心专注地游泳，得到锻炼，精力充沛，并且不累。以专业的办法去做一件事情，从中得到了快乐，得到良好的回报：我下一次去游泳，根本就不必强逼着自己去，而是巴不得一有时间就去。

学习到正确的东西，太需要克服偏见，克服心理僵化。

人有一种巨大的惯性。因为害怕被骗，干脆拒绝进一步学习；因为害怕改变，害怕丢脸，就拒绝专业指导，情愿用错误的方式持续下去。

如果我继续用错误的方式进行下去，并不会缓解我的写作职业病，反而会加重。

有一种惯常的说法叫“听过很多道理，却依然过不好这一生”。

这是因为，道理就像正确的游泳姿势，是技能层面的。心理层面大门深锁，听了就听了，还是会错过。

对人生态度的省悟，对行为认知的审视，才是内心层面的这能让我觉察自己的深处问题之所在：是我的行为模式和内在认知出了毛病。

哪怕是在游泳这么一件很小的事情上，隔了十五年时间，机缘巧合，我才得以真正修正。如果那个年轻男孩喋喋不休推销收费游泳课，我大概会满心排斥，继续错下去。

掌握了认知方法，我仍然是不完美的，充满不足还会犯错，但我的纠正能力，超过了从前的自己，也超过了很多固执的人。这令我有机会成为更好的自己。

生命是活的，唯有流动，才不会臭腐变质。有一颗柔软之心，才能去接纳和不断调整，少一些僵硬顽固。

这才是真正的成长。

李云迪不会过刻板人生

遵从自己的喜好和渴望，去过自己的人生，不要照着他人想象中的刻板路线去活。

李云迪韩国演出出错了，还出错出得众目睽睽。玩高雅艺术出现失误，的确是一件有损形象的事。然而我觉得，李云迪的失误，反而显得有点可爱。

大众享用高雅音乐的需求之外，也有和艺术家相互娱乐的需求。

说真的，如果不是李云迪，古典音乐的话题很难这么火。小众古典音乐界的钢琴家李云迪，在微博上有 1821 万粉丝。李云迪光是跟王力宏一起春晚演奏那次，就给娱乐圈留下了长盛不衰的八卦。

其实，古典音乐本来就是生活实用品。我们看的电影、电视、纪录片，还有广告等等，充满了古典音乐，乃至网络上各种搞笑视频的配乐，也常常用到古典音乐，只不过没单独拎出来。

《肖申克的救赎》用了莫扎特歌剧《费加罗的婚礼》,《七宗罪》里用了巴赫

G弦上的咏叹调。如盐化水，音乐艺术本来就是世俗生活的一部分。

我是个实用主义者，一向觉得人家的人生和发展，是他自己的事。

对于同行李云迪，大众期待朗朗表个态，朗朗的处境是一样的。真是巧，朗朗也挺聪明的，他的原话是："这个我不好评论，我还是先管好我自己，保证好自己。"

不过我想说的是，这根本就不是过去的古典钢琴大师养成模式的时代。

就说肖邦本人，是个神童天才，他7岁创作，8岁登台，12岁到音乐学校学习，19岁到处巡演，也给宫廷表演，同时开始教学创作。短短小半生，声名成就到达巅峰，走的是一条特别标准化的钢琴家之路。

然而世界上也只有一个肖邦。影响肖邦成长的巴赫呢，命运就逊色太多，活着的时候没出大名。巴赫一辈子也是学习、创作、表演，担任皇亲国戚的音乐官员。

他们的时代没有网络，不怎么玩跨界，社会行业有限，没有新鲜别致的人生多项选择，干一行，就干到老，干到去世，成为大师。

但我们这个时代变化了。李云迪少年时代得了肖邦奖出道，天才惊艳，带着小圈子的大通行证，加入艺术家名人行列。一会儿被传有前妻，来自富贵家庭；一会儿主动玩暧昧，跟有名的歌手王力宏闹男男绯闻。出风头出得简直没边了，盖过了他的无数同行不说，还跨界盖过了更多的通俗音乐界大明星。

这跟历史上的大师钢琴家生涯，太反差了。

话说回来，其实大师根本无法养成。

很多人对艺术有认知偏差，觉得大师应该每个年代都冒出来几个，期待着有潜质的年轻一代照着模范刻苦用功，成为大师。

真相不是这样的。

文化艺术蓬勃发展时期，会猛然冒出一大堆大师，群星璀璨。传奇艺术家那么多，经典那么多，多到我们只享用古人的都享用不完。然后大多数时候，只是一些比较优秀的人士演绎表演，重复延伸，踩着前人大师的肩膀再进步一点。

就像文学历史上的曹雪芹，几百年出一个，那也不是养成的，而是因缘际会和个人天才叠加综合成就的。

一大批媒体跑去采访李云迪的老师友人，采访古典音乐的专业人士，用各种技术证据分析想证明他业精于勤荒于嬉。李云迪自己也在微博公开道歉，但是吧，哪个大明星道歉不是这样的套路？

如果顺着他的微博往前翻，综艺节目《全员加速中》介绍他是“气质高雅风度翩翩的优质偶像”。李云迪转发说：“玩游戏和弹琴其实也有共同之处，就是一定要专注！”

他除了弹钢琴得大奖，还是外貌不错的优质偶像，他也会“专注玩游戏”。

这个世界上有相当一批人，看待人生特别刻板：你拿了肖邦奖，你就该闭门勤奋练习，不辜负自己的天赋，然后继续攀登高峰。

但要是拿奖的这个人想要过的不是这种人生呢？名利早就有了，而且是远超同行的名利，再前进也不过是封神，老了得到一枚标签——著名钢琴大师。

有的人觉得他出现失误是在损害自己的艺术生涯，觉得他太分心捞过界，我却觉得包容他的个人选择是社会进步！他有可能玩着钢琴混娱乐圈，成为超级文化符号，远远超过他的钢琴成就呢！

李云迪不过才三十多岁，心态还年轻着呢。几年前我看过他在大学里的对话视频，跟年轻学生们打成一片。

一流青年钢琴家是他自己奋斗得来的光环和身份，他怎么运用，当然是遵从自己的喜好和渴望。

他完全可以道歉了以后，多花点时间练琴，堵上大家批评的嘴，同时继续在娱乐圈玩得风生水起。他也可以逐渐转移到娱乐圈，直至放弃钢琴。我作为听众，大可以一边有着别的钢琴家埋头苦练，弹得出神入化，感动我，熏陶我，陪伴我，一边看着李云迪闹出各种话题，心头飘过“喜闻乐见”四个字。

幸好，李云迪过着自己的人生，并没有照着他人想象中的刻板路线去活。

宽阔的心

只肯走独木桥的人，失去了宽阔的心，拥有的只是桥那一头面积有限的疆域。而不拧巴矛盾，拥有的是天高地阔。

有一年我回母校做讲座，以学长身份，聊聊职业经验。时间靠近毕业季，每年都有五六百万大学生毕业，庞大惊人。在大学生报告厅，我问年轻的学弟学妹们工作找得怎么样了。有人说搞定了，有人说还没呢，还有人说，不找了，准备自己做点什么呢！

自己做点什么呢？我有点犯糊涂。

两年前我看新闻，发现母校有几个男生，联手承包了附近一栋民居，他们把原本粗俗简陋的房子，改造成浪漫文艺的小旅馆，生意居然特别好，上了本市的晨报。这些比我晚了一个年代的学生，尚未毕业就已经投身外面，心思灵动。

尤其令我深有感触的，还有我的堂弟，这个生于1993年的男孩，最近开了一家自己的理发店。他连大学都没念呢！我看着他做了两三年美发店学徒，自己手艺过关，出师了，不必再仰人鼻息。今年他开了个小小的门面，月入四五千。他有他的梦想，以后要做成连锁的。

生于70、80年代的人还有最后的光环包袱，眼前只看见那座桥，笃信理想和现实存在巨大的鸿沟，我们遇到关卡，还得跟自己做心理斗争。要理想，还是要饭碗？把青春献给有活力但激烈竞争的外企，还是去考按部就班、有安全保障、一眼看到头的公务员？

但对于新生代来说，有什么好纠结的？大学考上就去念，没意思就休学创业去。工作也找，公司也搞，公务员也可以考一考。

就在春天，我在光谷的一家咖啡馆喝咖啡，坐在我旁边的两个年轻人，在纸上写写画画，双眼闪耀光芒，说要做一个网站，给那些想合伙创业的青年人，搭建平台，让他们可以找到伙伴，做他们的生意，赚他们的钱。

我侧耳旁听，笑了。我没法定义成功，我不知道堂弟未来能否连锁，我也不肯定，年轻创业会不会一帆风顺。玩垮了赔钱了怎么办？会饿死吗？

我一点也不为他们担心。谁没失败挫折过，谁没迷茫过？那又怎样呢？蛰伏完了，还能新生。年轻永远是最大的资本。

我能确定是，只肯走独木桥的人，失去了宽阔的心，拥有的只是桥那一头面积有限的疆域。而90后，不再拧巴矛盾，拥有的是天高地阔。

作家的魂器

你必须成为我们的魂器，一路辛苦修炼，你才能够将来剔除掉或融化我们，锻炼培育出自己的灵魂，在容器里主要装载自己的灵魂。

美国电影要是有续集的话，通常有个套路。第一部是战胜外在的敌人，战胜大魔王，打败强大的对手，英雄光荣赢得世界。

比如《钢铁侠》，比如《黑客帝国》的尼奥。但是续集里，主角所面对的真正的敌人，一定不是那些新对手。

《钢铁侠》的第二部里，钢铁侠要面对的是，他的能力也是他的宿命，放射性元素使他飞天遁地，也要他的命。他要选择做一个拯救世界的英雄，还是有爱即可平凡安在。而救世主尼奥发现，他似乎不是什么真正的救世主，他只是一段用于升级系统的程序。他必须接受这一点，回归最朴素的使命，平衡系统，重启系统。

嗯，不过我要说的，不是这两部电影，而是《哈利·波特》大结局。

主角，寄托了光明与希望的唯一主角，以他的名字命名小说和电影的哈利·波特，自身就是伏地魔的一部分，就是伏地魔的一个魂器。

伏地魔杀死了哈利·波特，就是杀死了自己，才能够完结一切。

为了结束对手而诞生，对手就是你自己。

看起来，每个人都需要一个对手。

哈利·波特的对手，是伏地魔。伏地魔的对手，是死亡，所以故事里要跟死神打赌，三件宝贝里最有意义的，是隐身衣，逃脱了死神的追踪。

死神的对手呢？

好吧，回到了那个最庸俗的说法，死神的对手是爱。遗憾的是，爱打不赢死神，不管你爱不爱，都没下辈子，我们都是要死的。香港电台主持人梁继璋给儿子写信：下辈子，无论爱与不爱，都不会再见。这话很坦诚，实在。

世人为斯内普流泪，我也为他流泪。然而，斯内普求仁得仁，如果换成琼瑶腔台词，他一定会说，我不后悔爱上哈利他妈咪，我愿意护卫所爱的女人，和这女人的孩子，即便这孩子不是自己的。斯内普的对手，则是“爱”。于是，他选择了无间道，在伏地魔身边待着，推动命运指向他要捍卫的结局。

而校长邓布利多，也选择了牺牲，他为了自身的职责。

所以，重要的不是选择什么对手。选来选去，对手都是我们自身的一部分。爱、破坏、恐惧、职责、死亡，都是我们自身的一部分。你有所领悟了没？如果有，你，这一刻，就成为我的魂器。

现在回头去看小时候迷恋的所有作品，最开始吸引我的，都是打得精彩，故事热烈。

可是，讲故事的人，写小说的人，包括我这个作家，都是别有企图的。

故事讲完了，你看爽了，怎么好像咯噔一下，在你心里留下了什么？

——我们，在你这个容器里，留下了我们的一部分灵魂呀（我们创作者的体验、经历、悲喜）。

你必须成为我们的魂器，一路辛苦修炼，你才能够将来剔除掉或融化我们，锻炼培育出自己的灵魂，在容器里主要装载自己的灵魂。哈利·波特之所以成为独一无二的哈利·波特，正因为他是伏地魔的魂器。某种意义上说，伏地魔，是哈利·波特全面成长的引子。

我今日之文字，刺激你，灌输你，攻击你，诱惑你，感动你，提醒你，是为了未来，有朝一日，你获得了成长，再剔除我，融化我，尽皆化成你自己。

你好，我的魂器，我衷心祝你早日剔除或融化我的那一部分灵魂。